Kadokawa Fantastic Novels

繼母的拖油瓶是我的前女友 9

只有求婚還不夠

「我們回房間吧？」
伊理戶結女
Yume Irido

「啊，水斗同學！」
東頭伊佐奈
Isana Higashira

【南曉月】
Akatsuki Minami
【亞霜愛沙】
Aisa Aso
Christmas Party!!

繼母的拖油瓶是我的前女友 9

只有求婚還不夠

紙城境介

插畫／たかやKi

Kadokawa Fantastic Novels

目錄 Contents

第一章 保證有趣的道路

伊理戶水斗◆幸福的定義

「水斗同學——你應該早已發現對你來說，什麼才是幸福了吧？」

這個年紀比我大了很多的人，用一種看透一切的語氣這麼說了。

「好萊塢電影以接吻做結，ＲＰＧ則是結束在結婚典禮。這些就是多數人想像中的典型『幸福』。但是，現實中的幸福沒有固定的定義，有人是別人口中的邊緣人卻活得自在，也有人被認為平庸無才但滿足於現狀——有的甚至人在福中不知福，總是在羨慕別人，追求自己其實並不需要的事物；這種喜劇大家都看多了。」

侃侃而談的言論，就像是一股清流。

「我想你應該比別人更為聰明，所以年紀輕輕就已經發現——自己對幸福的定義，並不是『家庭』。」

任何人，都會在無意間去想像。

想像自己擁有家庭的未來。

擁有伴侶，生兒育女，共組家庭——大家都像是被深植了某種概念似的，想像那樣的未來。

可是，那真的是我所需要的嗎？

我的人生，真的需要那樣的未來嗎——

「國中生的話可以懵懂無知，做事不用考慮後果。大學生的話，會被要求言行舉止有成年人的樣子。高中生則是介於兩者之間——懵懂無知，但也逐漸成熟，就像尚未破蛹而出的狀態，這是我的一貫主張——我很同情你現在正處於最困難的階段。要你這樣的年齡做出重大決定，你太青澀，也太成熟了——」

我感覺，聽起來彷彿事不關己。

不是他，是我。

都走到這一步了，還是覺得好像跟自己無關——

「你要當哪一個？」

即使如此，嚴峻的選項依然擺在眼前。

「是要變回孩子，衝動行事做出魯莽的選擇而不考慮後果，祈禱事情能夠像ＲＰＧ一樣有個好結局——還是邁向成年，把此時此刻的感情藏在心底，像玩ＲＴＡ那樣，有效率地追

求屬於自己的幸福？」

慶光院涼成，像遊戲裡的ＧＭ那樣微笑了。

「祝你能做出最好的選擇。作為你的繼姊妹以前的父親，祝你好運。」

伊理戶水斗◆暖桌下的攻防

京都雖是舉世聞名的觀光城市，但撇開短期旅居的情況不說，如果從長久定居的觀點而論，我想大家都會一致認同這裡的環境不宜人居。

盛夏時期悶熱得像三溫暖，嚴冬時期又像冰箱一樣寒冷徹骨——我實在不覺得這種盆地特有的冬冷夏熱，能夠靠零星分布的佛寺神社一筆勾銷。況且在地居民通常不會去什麼當地的觀光景點，所以等於沒有優點。我都忘記金閣寺在哪裡了。

到了十二月。

賞楓季節結束，這幾天寒冬終於開始大發神威，我家為了對抗冷氣團，從倉庫深處調用了祕密武器投入前線。

也就是暖桌。

「……好冷……」

我偶爾外出一趟後回到家中，渾身發著抖把門關上。雖然藉此逃離了寒風的吹襲，但家裡也一樣冷得像冰庫。甚至還有可能因為少了陽光照射，導致室內比室外更冷——我開始想念神戶的溫泉了。

我大衣沒脫就直接走向客廳。即使開了暖氣，也得等上一段時間房間才會變暖。而客廳裡被沙發圍起的一個角落，放著比暖氣更易於取暖的器具。

不久之前還擺著玻璃茶几的位置，現在放了一張桌面底下空間用被子蓋住的暖桌。

我把兩腿塞進被子裡，暖空氣慢慢溫熱了凍僵的雙腿。但我才剛鬆一口氣——

有種軟綿綿的觸感。

——我伸出的腳尖，碰到了某種柔軟的物體。

「……嗯……」

聽見像是夢話的呻吟，我才終於發現……

在我左手邊的被子，有個熟識的女人從那裡露出臉來。

我幾乎想都沒想，就掀開了蓋住自己下半身的被子。只見被朦朧橙光照亮的空間裡，白皙的雙腿像嬰兒般彎曲著膝蓋。長裙子掀了起來，露出了細緻光滑的大腿。要是視線再往下一點，可能連內褲都看得見。

「……嗯……」

就在我注視著它整整長達十秒鐘後，化為暖桌蝸牛的女人好像怕冷地扭動了一下，把膝蓋抬得更高了。再這樣下去可能連臀部都要走光，我急忙把被子放下。

我低著頭，無意識地看著只把頭露在暖桌外睡得香甜的她——結女的睡臉。

……總覺得這個狀況，彷彿似曾相識……在去神戶之前，好像也有過這種情況。

當時伊佐奈也在，所以我沒做出什麼過分的行為——可是，在這種沒有別人盯著的狀況下，她表現得如此缺乏戒心，會讓我心裡無可避免地萌生一種念頭。

不，那種事當然是做不得的。如果家裡竟然有人偷看別人暖桌裡的下半身，不是前情侶也會造成家庭崩壞。

現在我應該自我克制，速速躲回自己的房間去……可是從另一方面來講，暖桌的溫暖真讓人不忍離去……

有人戳了戳我盤腿而坐的膝蓋。

一回神才發現，從被子裡露臉的結女，眼睛已經睜開了一條縫。

她醒了？……幸好不是在我掀起被子的時候醒來。

結女肩膀以下的部位依然窩在暖桌裡，目不轉睛地盯著我的臉——又在被子裡用腳尖戳戳。

了戳我的膝蓋。

「…………」

「…………」

我們沉默地四目交接了半晌。

結女只是凝視著我，什麼也沒說。所以我也沒什麼特別要說的。

總之目前看來，她沒打算把我趕出暖桌。

我脫掉穿在身上的大衣，從袋子裡拿出剛才買回來的書，在暖桌上開始翻頁。

其間，結女繼續三番兩次地伸腳戳我的膝蓋。我偶爾看她一眼，她的嘴角就竊喜地綻出微笑。

她想要我陪她嗎……？

不知為何我就是不想如了她的意，於是一言不發地把她伸過來搗蛋的腳推回去。不久後，由仁阿姨從大門那邊走了過來。

「啊，水斗，你回來了——」

由仁阿姨邊說邊快步走過來，這才看到結女也窩在被子裡。

「啊——結女——睡在這裡會感冒喔。」

「嗯——……」

結女用迷迷糊糊的聲音回答，但沒有要離開暖桌的動靜。

「真拿妳沒辦法……」

等到由仁阿姨離開後，她又開始戳我了。

而且還用含情脈脈的眼神看我，不知道她想幹嘛？但我可不是會吃悶虧的人。

我看準時機，迅速把手塞進被子裡，抓住了結女伸過來的裸足。

「呀……」

我抓住了她纖柔的腳，立刻用另一隻手搔她的腳底。

「嗯！別這樣……嗯～！」

結女無聲地掙扎扭動，但我不放過她，繼續搔她的癢。

——不過是稀鬆平常的日常光景。

身為一家人，理所當然地轉眼即逝的生活片段。

可是，在這種安於現狀的平穩生活裡，卻混雜著一種無法抵擋地刺激心臟的事物。

「……呼——……」

等我終於不再搔癢，結女用有些泛紅的臉蛋，心有不甘地注視我的眼睛。

接著忽然間，她只有一雙眼睛透出笑意，簡直好像在撒嬌一樣，重獲自由的腳開始用腳底在我的膝蓋上磨蹭。

身為一家人的安心感。
身為一對男女的刺激。
互相抵觸的兩種感情，瞬息萬變地徘徊於心頭。
我快瘋了。
瘋狂到幾乎快失去自我。

伊理戶結女◆空中樓閣上的樓閣

「學長！學～長♪」
亞霜學姊比平常高了八度的嗲聲，在學生會室裡響起。
「你有看昨天的官方直播嗎～？真的讓人興奮到爆炸～！好期待改版喔～♪」
「……是啦……」
坐在會客用沙發上讓亞霜學姊的頭靠著肩膀的，當然是星邊學長。星邊學長一邊應付她，一邊神情尷尬地頻頻轉頭看我們這邊。
「學長我問你喔！今天晚上我可不可以再跟你通話～？我這次任務還沒解完的說～陪

我刷副本好不好！」

「「「……………………」」」

聽著撒嬌度１００％的聲音，我、明日葉院同學、紅會長與羽場學長都只是默默做事。之間沒有任何對話，能夠對抗亞霜學姊甜膩膩聲音的，只有筆電敲出的鍵盤聲。

「…………唉……」

最後星邊學長嘆了一口氣，然後推開亞霜學姊，霍地站了起來。

「嗚欸？學長？」

「紅，不好意思。我不會再來學生會室了。」

聽到他突然如此宣布，亞霜學姊當場愣住。

「咦～！為什麼為什麼！那樣跟學長見面的時間會少很多耶！」

「「還不都怪妳不做事！」」

紅會長與星邊學長的聲音重疊了。

被上司與男友從公私兩面糾正，亞霜學姊耍任性地噘起嘴，眼睛望向毫不相關的方向。

「……就聊一下又不會怎樣……人家才剛開始跟學長交往的說……」

「不會怎樣才怪，妳這樣怎麼當學妹的榜樣？……妳先把工作乖乖做完，之後要我陪妳多久都行。」

被星邊學長輕拍一下頭，亞霜學姊哀怨地抬眼看著男朋友，然後心有不滿地說：「好啦……」

「那我閃啦。」星邊學長簡單跟我們說一聲，就離開了學生會室。

亞霜學姊依依不捨地目送他離開，這才一臉沮喪地到自己的座位坐下。

「唉～……學長成分不足～……」

「……小生早就猜想妳一定是重視戀愛勝過友情或工作的類型，但是實際在眼前上演還是滿讓人看不下去的。」

被紅會長半睜著眼這樣講，「嘿嘿。」亞霜學姊不知為何竟然傻笑裝可愛。

「對不起嘛☆對單身狗來說刺激可能有點太強了喵？」

「……………………」

「好痛！等……鈴理理妳弄痛我了！不要踢我的腿！我的腿！」

嗯～完全得意忘形了。

自從去神戶旅遊正式告別單身，亞霜學姊就跩上天了。考慮到她長年的單戀終於修成正果，本來是想縱容她一段時間的，看來這個決定是做錯了。

明日葉院同學冷眼看著被會長低踢踢到節節後退的亞霜學姊，說：

「我明白學姊很開心，但請別忘了是我們做學妹的在補妳的洞。」

「嗚……對啦，是我不好！可是絕對不是只有我這樣，這是必經之路啦！交到男朋友就是會墮落！絕不是只有我特別廢！」

「我去拿資料。」羽場學長邊說邊迅速離開座位。

我想他大概是感覺到要開始聊女生話題了。羽場學長在這種時候，經常會用近乎於預知能力的速度讓自己消失。

確定羽場學長已經走進隔壁資料室，紅會長托著臉頰說：

「妳這麼幸福當然很好，但是不是該準備面對現實了？」

「妳很囉嗦耶！我認真做事就是了嘛！」

「工作當然是要做的，不過……」

紅會長無聲地伸出手指，指著那裡——亞霜學姊那看起來豐滿傲人的胸部。

「既然已經開始交往，恐怕沒辦法再瞞下去了吧？」

「……嗚唔……」

看到亞霜學姊語塞的模樣，我直眨眼睛。

「咦？……學姊，妳還沒跟他說嗎！」

「膽子真是大到讓人傻眼，還敢那樣黏著學長不放。」

明日葉院同學也露出快要習慣成自然的冷眼說道。

亞霜學姊的胸部，是用以罩杯來說多出大約三個Cup的虛榮心堆疊而成。以往她總是用精湛的技巧讓它以假亂真，然而一旦成為情侶，遲早……那個，應該會有機會，露給對方看……所以我還以為她早就吐實了。

看到亞霜學姊縮成一團，紅會長目光忽地飄遠說：

「星邊學長其實還滿紳士的，但怎麼說就是男生。要是知道好不容易到手的寶山原來是一堆破爛，一定很失望吧……」

「我、我才不是破爛！最起碼我還比小月月大！」

曉月同學人不在卻忽然中槍。

「再、再說，我只是覺得大一點比較搭我喜歡的衣服，又不是故意要騙人……！」

「那妳就快點跟學長說啊。免得『到時候』穿幫害人家軟掉。」

「才不會軟掉！硬邦邦的好不好！」

聽到這種有夠露骨的發言，明日葉院同學的眼光默默地飄移。

其實也不只是我們幾個，有脫單女生加入的女性話題總是容易大開赤裸裸的黃腔。儘管我也有過男朋友，但始終沒經驗過那方面的事，所以遇到這種話題常常只能陪笑臉帶過。對於不可說的事物必須保持沉默。

「已經十二月了耶。」

紅會長一臉傻眼地說。

「剩不到一個月就是耶誕節了。妳總不會打算用騙的混過開始交往的第一個耶誕節吧？」

「……可、可是，我們才剛剛開始交往……不會那麼快吧……」

「問題是妳交往之前助跑了很長一段路啊。再說星邊學長那人只要下定了決心，行事風格其實滿肉食系的──小生可不覺得他會溫和到放過送到嘴邊的肉喔。」

「嗚嗚嗚……」

亞霜學姊羞紅著臉，縮得更小了。

耶誕節啊──好吧，對啦。的確常常聽說一般的情侶，都會在耶誕節的時候做那件事。

「可是我不知道怎麼辦嘛……要怎麼跟他說？要在哪種時候才能開口說『對不起，其實我胸部有灌水』……？」

「好吧，是有點……」

即使是紅會長這樣的人，也支吾其詞答不上來。這真是世紀難題。

「──也許可以一點一點慢慢縮小？」

對於這個難題，明日葉院同學給了一個建議。

「也許不用老老實實直接開口，只要把胸墊一個個慢慢拿掉階段性地縮小，說不定對方不會發現。」

「啊……！好主意！」

原本縮成一團的亞霜學姊頓時恢復了活力。

「蘭蘭妳真天才！妳怎麼想得出這麼巧妙的計策啊！」

「我國中時有試過。只是後來太難受放棄了……」

「這我就不用擔心了！不是，要妳管啊！」

亞霜學姊嘴上這麼說，笑容卻很開朗。

雖然當事人一副擺脫了煩惱的表情，可是……我憂心忡忡地說：

「總覺得好像在用謊言圓謊……」

「好吧，就算萬一穿幫了，星邊學長應該也不會跟她計較吧……」

再來就只能祈禱學長不是巨乳派了，紅會長說。

伊理戶結女◆不知為何

亞霜學姊自然有她的煩惱，但看在現在的我眼裡，就連這些也是幸福的一部分，讓我好生羨慕。

我要在今年內征服水斗。

下定了這個決心是很好，但在那之前，我還有一項任務必須完成。

……任務的內容是約水斗——一起去跟我的親生父親見面。

雖然也可以請媽媽替我轉達，但我還是決定自己開口。也不能說是從周圍的人開始拉攏，但感覺這樣可以傳達我的一部分決心。

最後一次跟爸爸面對面說話，不知道是幾年前的事了……我沒有特別怕跟爸爸說話或是很聊得來，但如今改姓之後要跟爸爸說話，給我一種類似某種特別儀式的感覺。而且水斗也會在場，感覺就更不同了——

真要說起來，爸爸為什麼會想見水斗呢？

也許是好奇跟女兒同住一個屋簷下的男生，是個什麼樣的人——但我以為爸爸對我並不怎麼關心。

不管怎麼樣，我很想親口約水斗去參加這場有點婚前見家長味道的場面。這樣也許能讓他稍微意識到我的存在，另一方面來說，也單純是因為要去見面的是我，由我開口才叫做禮貌。

只是——我還是覺得，這真的很像婚前見家長。

這讓我有點躊躇不前，又不禁磨磨蹭蹭地一再拖延……

——不行不行，我的壞毛病又犯了。

今年只剩下不到一個月了。沒有任何時間讓我怕東怕西的！

我要開口。今天就開口。一回家就開口。

於是我結束了學生會的活動，一回到家裡，就看到水斗已經換上居家服待在客廳裡。

「欸——」

我叫了一下坐在沙發上看手機的水斗，他轉過頭來說：

「妳來得剛好。」

「咦？」

「明天——星期六，我中午就要去伊佐奈她家，可以嗎？」

他冷不防這樣問我。

我一下子傻住了。去東頭同學的家？怎麼這麼突然——經他這麼一說，我才發現東頭同學最近比較少來我們家。

不知為何怦咚一聲，心臟好像快要從嘴裡蹦出來。

「為什麼……要問我？」

然後不知為何，我用有點衝的口氣，這樣反問他。

水斗別開目光，歪著頭，好像有點困窘地說：

「……沒有……也沒為什麼。」

他嘟囔著說，從沙發上站起來。

看著他快步離去的背影，我猛地想起來了。我得提那件事才行，跟他講爸爸的事。我得立刻叫住他——

客廳的門關上了。

我發不出聲音，放下舉起了一半的手。

「……錯過開口的機會了……」

東頭伊佐奈◆繪師與裡帳號女子的共通點

「嗚姆～」

我歪著頭，看著線條變得一團亂的草圖。

我在自己的房間裡開啟平板電腦，拿起觸控筆過了十幾分鐘。想了半天就是想不到好構圖，就算想到了也畫不出來，特別是衣服的皺褶根本不知道是什麼原理，腦袋快要當機了。

不能就畫成全裸嗎？

真不知道神戶旅遊的時候怎麼畫得那麼順～……自從那次以來，我總是覺得自己畫的圖一團糟……

遇到這種時候想再多也沒用。我放下觸控筆，拿起手機，離開書桌來到穿衣鏡前面。

這面穿衣鏡作為女生的基本需求被穩穩地擺在牆邊，但最近都被我拿來自拍當成參考資料。我會擺出各種姿勢啪嚓啪嚓拍個沒完，看在旁人眼裡簡直就像裡帳號女子。得小心別被爸爸媽媽看到才行。

「嗯——……」

我想畫屁股，也想畫胸部。可是兩邊都想畫的話就得把背脊骨扭轉到人體極限才行。這真是個難題……

我試著背對鏡子擺出翹屁股的姿勢，或是半蹲擺出露乳溝的姿勢，看得我自己一頭霧水。

乾脆大膽一點，來個情慾橫流的構圖怎麼樣？比方說呢……坐在地板上大張雙腿，做出用上臂夾住胸部的感覺——

「——喂，東頭，妳家門沒鎖耶。太不小心了——吧？」

喀嚓一聲，房間的門打開了。

水斗同學看著我，當場僵住。

「……啊。」

我也張著嘴巴嚇呆了。

維持著M字開腿的姿勢，把手機的相機鏡頭對著穿衣鏡。

時間足足暫停了十秒鐘之後……

「…………抱歉。」

水斗同學神情尷尬地這麼說，慢慢關上了房門。

「等……請等一下！誤會！你誤會了！我只是在收集資料啦──！」

伊理戶水斗◆通往未來的道路

把我叫去東頭家的不是東頭伊佐奈，是她的母親凪虎阿姨。她的說法是：「我有事找你，來就對了。」她本人卻似乎暫時不在家。

「害我碰上這種震撼性場面，真是的。」

「我才想抱怨好不好！」

伊佐奈面紅耳赤地大叫。她只穿著一件鬆鬆垮垮的長袖襯衫。雖然衣襬像連身裙一樣蓋到大腿，但衣服底下……

「……我說妳啊，就算是在自己的房間裡，下半身好歹穿點什麼吧……」

「我、我有穿啊……有穿內褲……」

「穿內衣褲不算有穿。」

我想起來了，她本來就是個會因為視訊通話看不見就光著下半身的傢伙。

害我看得一清二楚……不管我跟這傢伙的交情再好，遇到一些情形還是會尷尬的好嗎？

「好久沒在假日碰面了。」

我重新打起精神，換個話題。

最近伊佐奈很少順道來我家，放學後也不再經常泡在圖書室了。理由很明確，她忙著畫畫。

自從去神戶旅遊之後，伊佐奈變得更加熱中於繪圖了。相對地也就沒那麼多時間跟我鬼混，最近都只用手機聊天。

「妳後來有再畫圖嗎？」

「算是畫了一些吧，有的沒的……你要看嗎？」

「妳不介意的話。」

伊佐奈把桌上的平板電腦拿給我。螢幕上整齊地顯示出幾個圖片檔案的圖示。

「不、不要亂看奇怪的檔案喔！」

「……什麼奇怪的檔案？」

「就、就是……裡面存了滿多像是剛才的那種照片……」

「…………………」

我會當心的。

我拿著平板電腦，盤腿坐在地板上。伊佐奈先是坐到床邊，但好像猛然想到了什麼，把屁股放到地板上坐成了W型。大概是覺得剛才那種高度內褲會被我看見吧。坐下之前就該想到了好嗎？

我快速瀏覽一下插畫檔案。說是插畫，但好像幾乎都是草圖，其中有些只是模糊的人物輪廓——大概就是所謂的「輔助線圖」吧。還有幾張已經畫成線稿，但沒有一張有上色。

「怎麼一張都沒畫完？」

「就是啊～總覺得沒有一張感覺是對的……」

這便是所謂的遇到瓶頸嗎……？之前明明畫得那麼棒……

「從神戶回來的路上畫的草圖呢？」

「啊！那個畫好了！放在另一個資料夾裡。」

作。

她伸出手來說：「借我一下。」於是我把平板電腦還給她。好像是真的不敢讓我隨意操

「看了肯定愛上我。」

伊佐奈說著用膝蓋走過來，改成坐到我身邊。

然後，我看到她從旁邊拿給我看的平板電腦畫面，目光頓時被吸引住了。

是一個女生神情酸楚，笑中帶淚的圖畫——

以我貧乏的形容詞彙，就只能這樣簡單地描述。但是這幅插畫，彷彿讓人物情緒有了溫度。明明沒有台詞或說明文，人物的任何一點細微動作、髮梢的飄動方式與每一個用色，卻都洋溢著豐富的背景故事。

即使與社群網站瘋傳的那些插畫相比，在我看來也並不遜色。

當然，如果與平常看到的那些專業畫家畫的插畫相比還是太粗糙，特別是上色技巧，仍然給人一種心有餘而力不足的印象……

「總覺得還是草圖的感覺比較對耶～……好吧，其實是常有的事啦。」

「不，我覺得已經畫得很好了。跟妳之前給我看的那些圖的水準截然不同。」

「真、真的嗎？欸嘿嘿……」

想不出貼切的形容詞真讓人心急。這幅插畫豈止是畫得好。不是只要練習就能學會的技

術，畫中呈現的是堪稱「審美觀」的品味。

就連我這個門外漢都一眼就能看出來了，我敢確定伊佐奈必定具有能感動大眾的才華。再來只要多多練習，讓技術追上構想……不對，雖然當事人好像不甚滿意，但這幅插畫也夠博得社會大眾的讚賞了吧？

「這幅插畫的評價怎麼樣？」

「咦？」

伊佐奈愣愣地偏著頭。

這什麼反應？

「不是，我在問妳評價……」

「呃，應該……算很好吧？畢竟水斗同學才剛稱讚過它……」

「嗯？」

「咦？」

我詫異地皺起眉頭。

難道說……

「……對了，妳都是在哪裡發表作品？Twitter嗎？」

「咦？我沒有發表耶。」

「……………………」

還真的被我料中了。

「是有想過試試看啦——但後來還是作罷了……所以我只有拿給水斗同學你看喔。」

這樣還能畫這麼多幅畫？這也稱得上是一種才能了。

不過，這下我懂了。

「我看就是因為這樣，妳才會總是只畫到一半吧？」

「咦……什麼意思？」

「簡單一句話，就是沒有終點。沒有終點所以中途放棄也不算失敗。跑馬拉松的話如果中途走人會喪失資格，但慢跑的話就算跑到一半回家也不會被罵吧？道理是相同的。因為不算失敗——沒有風險，所以可以輕易半途而廢。」

「喔、喔喔……原來如此……真是忠言逆耳……」

伊佐奈把兩隻耳朵緊緊摀住。我拉開其中一隻手讓耳朵露出來，說：

「我要妳把這幅插畫上傳到網站。」

「什麼！」

伊佐奈嚇得差點跳起來。

「你、你這是要整死我吧！我既不會ＰＯ搞笑哏圖推文，也不會拍高質感的甜點美照耶！」

「那些都免了，上傳插畫就好。也有專門為此設計的社群網站啊。如果妳還是會怕，我來幫妳管理帳號也行。畢竟我也不想看到妳在網路上亂講話被罵爆。」

「水、水斗同學你為什麼這麼堅持……？沒薪水拿耶。」

「這是因為……」

我有點遲疑，但現在不是害臊的時候。

因為此時此刻，東頭伊佐奈這個天才的命運，恐怕就握在我手上。

「——妳的才華迷倒我了。」

「唔欸？」

我直視著一臉呆相的伊佐奈，語氣堅決地說了。

「伊佐奈，妳有天分，而且是天賦異稟。不知道是怎麼搞的，我成了第一個發現妳是天才的人。所以我肩負著使命，必須適當地栽培妳的才華，打響妳在世間的名號。我認為我可以為了這份使命賭上人生——」

「等、等等！暫停！先暫停！」

伊佐奈紅著臉把我的肩膀推開，這才打斷了我急躁的解釋。

「怎麼了？」

「你、你把我捧得太高了啦……你的好意我心領了，但我哪有什麼才華？講得那麼誇張……」

「不，妳有。如果妳沒有自覺，那我就不厭其煩地告訴妳。東頭伊佐奈——妳絕對是個天才。」

「…………嗚嗚…………」

伊佐奈無言以對地低下頭去，用指尖搓著瀏海。她每次害羞就會這樣。我講這些其實也滿難為情的，但要是連我都開始怕羞就全都白搭了。

我專注地凝視著伊佐奈的臉良久。伊佐奈視線左右游移，試圖逃避。我的視線定住不動，不讓她跑掉。

「……好、好吧……」

最後，伊佐奈認命地說了。

「前提是水斗同學要幫我一手包辦……反正我本來也有點興趣……」

「好。那立刻來決定下一個要畫什麼吧。」

「下一個？」

「妳打算就用這一幅畫結束插畫家人生嗎？做任何事都要多多練習才會進步。妳應該心裡也很急吧？明明想到『要是能畫成這樣就好了』，卻不知道怎麼樣才畫得出來——妳的畫讓我深深地感受到這種心情。」

「水斗同學是超能力者嗎……？」

就只是個愛書人罷了。我對我的閱讀能力有自信。

我拿起平板電腦，從剛才看過的插畫草圖當中精挑細選。

「……就這個吧。我們來把這幅草圖畫完。」

「這個嗎？」

「不可以隨便畫一畫喔。要卯足全力，絞盡腦汁讓它接近妳要的樣子……不過，限妳一週之內完成。」

「什麼——！還有截稿日嗎！」

「不然我看妳永遠都畫不完吧。」

「呣——」伊佐奈噘起嘴唇，看了看我指定的草圖。

「這個啊——……」

「妳覺得這張不好？」

「因為沒有色色啊。」

「哪能讓未成年少女畫H圖上傳到網站啊……」

自己私底下畫畫的話也就算了。

「那這樣好了。」

「嗯？」

「這幅草圖的確並不情色。人物衣服包得很緊，場面也毫無性暗示……那妳就用這幅完全不情色的草圖，畫出看起來有點情色的完稿怎麼樣？這樣就不會觸法，也有發揮創意的動力了吧。」

「……哦？」

伊佐奈的眼神變了。

我先聲明這絕非出於個人經驗：人類在遇到性方面的事情時，常常能夠發揮無限的原動力。事實上，情色系的畫師或漫畫家大多畫功一流。伊佐奈這傢伙平常可以拿起輕小說的卷首情色插畫盯著看十分鐘以上，我想可以從這點出發。

「水斗同學，我開始有幹勁了！壞壞的東西就是要偷偷暗示才有韻味，對吧！就像有畫乳頭的同人誌還不如沒畫乳頭的官方抱枕套來得讓人興奮一樣！」

「這完全是兩碼子事吧。」

算了，只要她有幹勁，我也就不囉嗦了。

雖然完全沒預料到這種狀況，但不可思議的是我也變得很有衝勁。也許這還是我有生以來第一次這麼想「投入」一件事。不用特地花腦筋，這幅即將成為東頭伊佐奈的首度公開作品、紀念性十足的失戀插畫究竟該下什麼標題，已經有好幾個點子縈繞在我腦海裡了。

「……對了，水斗同學。」

伊佐奈拘謹地抬眼看著這樣的我，說：

「如果我乖乖遵守截稿日……請問，會有……獎勵嗎？」

……真夠貪心的。明明是為妳好才設的截稿日。

我笑了笑，說：

「好啦，妳先想好吧。」

「好耶──！」

伊佐奈像小孩子一樣坐著上下彈跳。然後大叫一聲「啊嗚哇！」驚慌地用雙手按住隆起的雙胸。看來是搖晃得太劇烈把自己弄痛了，真是個傻蛋。

既然事情決定了，就立刻到社群網站上建立新帳號吧。第一步是先註冊取得免費的電郵信箱──

「欸，筆名要用什麼？」

「啊，對喔。要取什麼好呢……好記的比較好吧？」

「但是太好記而沒辦法上網搜尋也很麻煩。」

就像偶爾會有一些插畫家直接拿普通名詞當筆名那樣。

我們正在討論時……

「──喂～～伊佐奈～」

先是聽到這陣聲音，然後房門喀嚓一聲，老大不客氣地打開了。

來者是一位高挑的女性──伊佐奈的母親凪虎阿姨。

「哦，你已經來啦。」

「打擾了。」

差點忘了，一開始是她叫我來的。

「您說過有事找我。」

「是啊。看來你也知道伊佐奈現在的狀況了？」

「伊佐奈的狀況？」

我看看身邊的人。

是指這種只穿了一件大尺碼襯衫，毫無防備心的裝扮嗎？

「你也知道這丫頭最近沉迷於畫畫吧？」

喔，原來是說這個啊……

「雖然她本來就愛窩在房間裡，但最近更是變本加厲。癮頭一犯甚至連飯都不吃了。」

「……阿姨如果是要我叫她停止畫畫，恕我拒絕。」

「誰跟你這樣說了？別這麼有戒心啦。少把我講得好像那種視野狹隘的虎媽一樣，我才沒那麼不開明咧。」

那不然是什麼事？

「專心投入一件事情很好啊。現在這時代又不是只要用功念書進大公司就有鐵飯碗了，況且我在當學生的時候也是為所欲為得很……話是這樣說，但我畢竟付了大筆學費讓她去念那所學校嘛。」

好吧的確，我們念的是私立高中。雖然我與結女是特待生，學費全免就是……

「喂，水斗小弟，你知道伊佐奈期中考考成怎樣嗎？」

伊佐奈頓時蜷縮起來，躲到了我背後。

我轉頭看她，說：

「……對耶，我不知道。」

「不知道也好，她考了個滿江紅。」

「嗚嗚。」伊佐奈羞愧地發出呻吟。

「沉迷於畫畫無所謂，但是搞到考試不及格或留級就另當別論了，那會害我多花錢。所以水斗小弟，我任命你為伊佐奈的家教。」

「嗄？」

這人怎麼自己說了算啊？

「我會出一點家教費。不夠的話就讓伊佐奈用身體支付。」

「這個人把女兒賣了！媽媽是這樣當的嗎！」

「妳少囉嗦。等妳考到整體學生的平均成績再來跟我主張人權。」

伊佐奈被駁斥得灰心氣餒。看來她這媽媽當得的確滿惡劣的。

家教啊……照伊佐奈這樣子，的確有可能荒廢學業——但這麼一來，我就得定期來她家報到了。

——為什麼要問我？

「怎麼樣？我自己都覺得這樣安排很完美。」

凪虎阿姨說著，像是洞悉一切般地笑了。

她該不會是早就料到我會下定決心捧紅伊佐奈吧？我如果來當家教，就能更有效率地管理伊佐奈的時間，讓她繪畫讀書都能兼顧——的確，沒有比這更好的安排了。

簡直就像被填平護城河一樣。

我從一開始，就沒有別的選擇。

「……好吧。至少我會照顧她到期末考考完。」

「就這麼說定了。我現在手頭不方便，伊佐奈，家教費妳先代墊。」

「噫咦咦……！我面臨破處危機了！」

「免了。」

別講得有點竊喜啦。這對母女怎麼可以這麼沒品？

伊理戶結女◆護城河

「咦……？」

水斗從東頭同學家回來跟我報告的事情，讓我當場僵住。

「我是說，我要當她的家教。是凪虎阿姨——伊佐奈的母親拜託我的。所以至少在期末考之前，我幾乎每天都會去她家。」

幾乎……每天？

去東頭同學家？

家教？

就他們倆？

「凪虎阿姨實在是太霸道了。同樣都是母親，跟由仁阿姨簡直有著天差地別。還說什麼

『家教費不夠的話就讓伊佐奈用身體支付』——」

「用身體支付！」

「……我先聲明，我有鄭重拒絕喔。」

水斗給了我一個白眼。說、說得也是，想也知道嘛。

不，可是，等一下？

就算只是開玩笑，做母親的都能說出這種話了，不就表示她接受你們倆的關係？真要說的話，一定是很信任對方，才會讓一個跟寶貝女兒年紀相近的男生來當家教吧？也就是說她覺得兩個人發生什麼事都沒關係？打定了主意要迎接你成為家庭新成員？你還叫她凪虎阿姨？你跟東頭同學的媽媽已經這麼熟了？你跟她全家都有來往嗎！

腦袋快爆炸了。

雖說原本學校同學就已經以為水斗在跟東頭同學交往了，但如果連家人都這麼以為，那豈不是……

「我有時候可能會回來得比較晚，所以想說先跟妳講一聲。那就這樣了，我要去查點資料——」

「——等、等等！」

看水斗轉身就要離開，我急忙抓住他的手臂。

水斗詫異地看著我的臉。

已經無法回頭了。

如果東頭同學打的是母親牌，那我就——

「是這樣的……我有件事，一定要拜託你。」

我不想把他讓給別人。

就算水斗與東頭同學都沒有那個意思……

我還是——我的位子——

「——可以請你，跟我爸爸見個面嗎？」

川波小暮◆最能獲得幸福的人

「全家都有往來，其實意外地還滿麻煩的耶。」

曉月坐在我的大腿上，邊打電動邊說。

「因為爸媽就像是會走路的相簿啊。連當事人不想被人知道的事情都會口無遮攔說出去。」

曉月依偎在我臂彎裡的嬌小身軀，因為剛洗完澡所以暖呼呼的。雖然在最近這種大冷天成了最好用的熱水袋，但是睡衣的寬鬆衣領下若隱若現的胸脯，實在讓人眼睛很吃不消。

「啊——」

我一面隨口回話掩飾心思一面說：

「我不太能體會妳的心情就是……畢竟對我來說豈止是會走路的相簿，有個傢伙根本就像是會走路的黑歷史。」

「你說誰是黑歷史了！」

曉月一邊抗議，一邊用後腦杓猛鑽我的下巴。我一面逃離無法抵擋地填滿鼻孔的洗髮精香氣，一面說：

「怎麼忽然講到這個？」

「嗯——？沒有啊，就我一個朋友，帶男朋友去跟爸媽見面了。」

「嗚哇，超有壓力……」

「別講得這麼白嘛！雖然我也這麼覺得！」

「萬一分手了另外交個男朋友，到時候怎麼辦啊？再跟爸媽重新介紹？」

「搞不好還會被說『看起來比上一個溫柔』什麼的。」

「要命——！超尷尬……」

光是想像都讓人害怕。這要做男朋友的用什麼表情來面對？

曉月轉頭看我的臉說：

「我們那時真是做對了，沒跟爸媽說。」

「只有這件事，我真想稱讚當年的我們。」

「就是說啊！」

我們笑了起來。唯一的缺點是到現在還會被問：「你什麼時候才要跟曉月交往？」

曉月背靠在我的胸前，說：

「不過正在交往的時候，誰也想不到有一天會分手啦。」

「……如果會想到，那幹嘛還要交往？」

「說得也是喔……要是世界上的情侶都能結婚該有多好啊。」

「就算結了婚還是有可能離婚啊。」

「人生處世好難喔～」

男女之間的真愛才是唯一永恆，已經是過時的觀念了。

現在這時代，多得是方法可以度過圓滿的人生。想找個對象奉獻自我可以去追星，想得到他人的讚美去當網紅就是了。

結婚不再是人生的主線任務，戀愛早已成了部分族群的喜好。

就跟打電動一樣，只是死亡之前的消遣──

「──可能只有仍然相信真愛的人，才能過得最幸福吧。」

真愛不是唯一也不是永恆。

即使明白這個道理──還是能夠去相信的人，才能……

「……妳偶爾會變得很愛講人生哲理耶。」

「是你太愛裝傻了啦。」

曉月露出壞心眼的賊笑，身體用力一壓，讓屁股滑到我的大腿根部。糟糕！被她貼這麼緊的話會——

「我從一開始就發現了啦，你這色狼。」

「…………………」

我無言地別開目光，曉月好像想逮住我似的轉過頭來……

「（要不要做些不能跟家人說的事呀……？）」

用挑逗的語氣，對我如此呢喃。

想也知道我會怎麼回答。

「……才不要……」

「忍耐對身體不好喔，小小♥」

「妳再講我就揉妳胸部喔！」

「哦！你要幫我變大嗎？謝謝～♪」

絕對不要隨便跟沉重的女人交往。

只有這件事我很確定。

伊理戶水斗◆無形的創作者

成為伊佐奈的家教過了一星期，我跟伊佐奈一起來到某所藝大的校園。

「我不要再念書啦——！」

因為伊佐奈爆炸了。

投稿到社群網站的那幅失戀插畫得到了極高評價。考慮到這次是初次投稿，可以說評價好得過分。伊佐奈看了心情大好，於是一面遵守我設定的截稿日完成了第二幅畫作，一面也慢慢追上了落後的念書進度。

只是，看來這個動力沒能維持太久。

「我快要悶死了！像這種被人管理的生活！我想畫畫想看輕小說想玩電動想睡午覺想熬夜——！」

對於東頭伊佐奈這個欲望化身來說，作息正常的生活似乎反而有害身心。

於是為了讓她透透氣，我們今天來參加遊戲創作者在大學舉辦的講座。

「我是第一次去聽演講耶。水斗同學你呢？」

「我也是屬於不會去簽名會的類型。不過偶爾聽聽也不錯吧？」

「是呀！感覺比啃課本更能學到東西！」

我是湊巧在網路上看到活動消息，而且上台演講的遊戲製作人的作品伊佐奈好像也有在玩，所以就決定去看看了。

雖然跟插畫家不同領域，不過聽聽專業人士的說法應該能成為不錯的刺激。如果她能趁這次演講補充動力，活用在創作與念書上，我的工作也會輕鬆不少。這傢伙是真的很讓人費心。

我們在校門口看了校園地圖，前往舉辦講座的講堂。

這是我第二次踏進大學校區，仍然覺得來到了一個不可思議的空間。該怎麼形容？就是比起高中更有生活感。相較於高中是受到師長嚴格規範的空間，大學讓我覺得像是由學生塑造的場域。

或許也是因為這裡是藝大吧。到處都能看到像是出於學生之手的繪畫或是不知道以什麼為原型的雕塑，簡直就像在為文化祭做準備。

「哇——……」

伊佐奈興味盎然地東張西望，觀察校園裡的混沌環境。她如果要升學，這種大學肯定比普通大學更適合她。雖然那是兩年多以後的事，但是到了那時候，她必定會選擇與我不同的

升學方向。

我的升學方向，目前暫時選擇京大。

既然我在學校是全年級第二名，選擇這所大學合情合理。只要去考應該就考得上，這點自信我還是有的。但是說到系所就沒有明確的方向了。我大概會選擇文學院，卻沒有比喜愛閱讀更大的理由。

當伊佐奈決定好自己的方向時，我勢必也得決定自己一直以來沒有明確方向的未來……

「就是這裡吧。」

我們到了舉辦講座的講堂。

從後門走進去一看，越靠近黑板越低的階梯座位，零星坐著幾名聽講者。擔心來到陌生校園可能會迷路而提早過來似乎奏效了。最後排座位空著，我跟伊佐奈相鄰而坐。

「嘩——」伊佐奈一邊笨笨地驚叫，一邊抬頭仰望天花板。

「水斗同學，天花板上掛著螢幕耶。」

「喔，大概是要讓後排座位也看得見黑板上的字吧？不然就是要放幻燈片。」

「喔——畢竟比高中的教室大很多嘛。」

這間講堂可以容納的人數應該有三位數吧。光是教室大小就不能跟高中相提並論。

等了一段時間後，講堂的座位漸漸有人入座了。

最終大約坐滿了八成。聽講者年齡層不一，雖然還是以看似大學生的年輕人為主，但其中也有明顯超過五十歲的中年人，相反地也有可能還在念國中的孩子。本來以為我們兩個高中生混進大學生之間會很顯眼，看來是杞人憂天了。

不久，到了講座即將開始的時間，一位身著西裝的男子伴著像是大學工作人員的女性，從前門走了進來。

雖然穿著西裝但沒打領帶，整個人的氣質比起白領階級更像是青年企業家。年紀大概四十幾歲吧。下巴留有少許鬍碴，應該是一種時尚造型。一看就像是會在接受訪談時捏陶般比手畫腳的那種人物。

明明應該是第一次見到這個人，我卻覺得有件事情卡在心裡。

「……伊佐奈，我問妳。」

「什麼事？」

「我們是不是在哪裡見過那個人？」

「咦？應該是在哪篇訪談報導看到的吧？我常常會看一些對談或採訪什麼的。」

「我不是那個意思……」

總覺得好像在什麼地方，遇到過這個人……

呈現企業家風貌的男性時間一到，便拿起講桌上的麥克風。

「大家好，很榮幸能夠和各位見面。我就是慶光院涼成。」

接著他又補了一句：「順便提一下，我是本尊。」引來了聽講者的笑聲。難道有人冒充過他嗎？

「我的名字常常被叫錯，不是『Suzunari』，是『Ryousei』才對。各位以後如果有了子女，請一定要給孩子取個好念的名字。」

遊戲製作人慶光院涼成先妙語如珠地緩和了現場氣氛，然後開始演講。

他的經歷徹頭徹尾是個成功人士的典範。大學畢業後，他在時值黎明期的社群遊戲業界成立新公司，大發利市。後來作為遊戲監製、製作人與公司董事擴大事業規模，又將公司託付給新進人員後正式離職——目前與少數幾名業界頂尖人士合夥，正在製作獨立遊戲。

……社群遊戲啊。

聽到這裡，我想起了結女說過的話。

結女說過，她的父親是某個領域的創作者。之所以只說某個領域，好像是因為她的舊家找不到父親的任何作品。

如果製作的是社群遊戲，家裡沒有作品是理所當然的。畢竟又不像家機那樣可能有實體片——

「我沒有製作方面的才華，所以選擇了讓別人發揮才華的道路。世界上天才眾多，但很多一輩子沒沒無聞——而我的工作就是打造一個環境讓他們能夠盡情發揮才華，並且在世間消費者的目光下嶄露頭角。」

我原本只是陪伊佐奈一起來，不知不覺間卻聽他說話聽到忘我。

所以，直到講座結束，我才弄懂卡在心裡的那件事是什麼。

伊理戶結女◆日常如影隨形的不安

這個假日，我跟曉月同學、麻希同學以及奈須華同學，一起在咖啡廳溫習功課。

下學期的期末考就快到了——要考的科目比期中考更多，考前準備一定要有計畫。所以我們才會像這樣，放假不能去學校時也會聚在一起念書。

至於我個人還有個原因，是因為一件心事……讓我在獨處時很難專心，希望有人陪。

「大家真用功。」

我正在教奈須華同學數學題目的時候，一身女服務生打扮的紅鈴理會長過來關心了。

麻希同學的反應朝氣十足。

「報告！我們很用功！」

她如此回答。

紅會長便是在這間咖啡廳打工。也就是之前學生會舉辦迎新會的那家店。

我們之前在找假日讀書會的地點時，會長慷慨地推薦了她的打工地點。事實上，這裡的確比家庭餐廳或百貨美食街來得安靜，作為念書環境無可挑剔。

「不過真的好意外喔！沒想到會長竟然穿著這麼可愛的制服在打工！」

「呵呵呵，好看吧？」

會長穿著正適合她嬌小身材的女服務生制服，自豪地露出一絲微笑。

「可別隨便把這件事告訴別人喔。太多學生來看熱鬧，會給店長造成困擾的。」

「收到！」

會長替我們的杯子倒滿涼水。大家之前點的紅茶或咖啡，早就已經喝完了。

「可是會長不會擔心嗎～？」

奈須華同學語氣悠哉地問道。

「不準備考試而在這裡打工～」

「小生平常就有在溫習了，不用擔心。」

「……對耶，好像從來沒看過會長在考試前埋頭念書。」

聽到我輕聲這麼說，紅會長淘氣地噗哧一笑。

紅

「小生是屬於有計畫地完成暑假作業的類型。」

那妳跟羽場學長的事情怎麼就不能照計畫進行呢——這句譴責就藏在我的心裡吧。

曉月同學整個人癱在座位上，說：

「學姊，給我們去年的考古題啦～……我念不下去了～……」

「不行，應該說給了也沒意義。我們學校在段考考古題方面可是做足了對策。」

「我不行了～……」

「妳還是盡量靠自己努力吧。別擔心，有我們學生會的可靠書記陪著，應付考試只是小事一樁啦。」

會長半開玩笑地說完，就回到內場去了。

麻希見狀，笑嘻嘻地看著我。

「人家說妳是可靠的書記呢。」

「別笑我了，我也就只是做做會議紀錄而已啦。」

我含糊地笑著說了。另外還會做講義、更新網頁，或是製作學生會公告……雖然聽說以後還會讓我編輯期刊，但比起會長或亞霜學姊需要代表學生會跟委員會或社長聯盟等人針鋒相對，這些都不是什麼困難的工作。

「那又怎樣？已經夠厲害了啊！要敲鍵盤打那麼多字耶～！不覺得很帥嗎？」

「好吧，或許是有練習到打字速度。」

在加入學生會之前，我只有上課時才有機會接觸電腦。不像水斗還有自己的電腦……

「不管怎樣妳都是全年級第一名啦！大師救命～！」

念書念到變殭屍的曉月同學整個人趴到我身上。

「好好好，總之妳先拿起自動鉛筆再說。」

「哭哭～！人家手指痛痛～！」

「還沒斷就可以繼續寫。」

「啊嗚……！斯巴達主義的結女也好棒……」

「是是是。」我再安撫她一遍。

講話之際，期末考結束後必須面對的那件事始終在我腦中盤旋不去。

也就是帶著水斗，與我的親生父親進行三方面談。

雖然沒想到水斗那麼乾脆就答應了，但我不知道這件事在他心中具有什麼樣的意義。又麻煩又浪費時間？還是……

真讓人心煩！要是媽媽也願意一起去就好了！可是爸爸好像跟她說「這樣對妳先生不好意思」，只要我跟水斗去就行了……

……爸爸也真是的，不懂他在想什麼。

有人會想跟離婚的太太再婚後的兒子見面嗎？換作是我的話絕對不想……會不知道該用什麼表情去面對。

我明明是關係最深的當事人，卻感覺好像跟不上狀況。

「……唉。」

「結女妳怎麼了？」

「啊，沒有。抱歉，沒什麼。」

我喝了會長幫我倒的涼水，掩飾心中模糊的不安。

我那時一不小心就想跟東頭同學打對台……可是，真不知道這次見面會是什麼狀況。

伊理戶水斗◆意外巧遇

講座結束後，我們走出了講堂。

「還滿精彩的耶～我很少玩獨立遊戲，聽了覺得好新鮮。」

「對啊。」

講座的確很精彩。像是善用他人才能的巧思與挑戰性等——比起伊佐奈，我覺得演講內容更切合於我準備要做的事情。

「妳有想過將來要從事哪方面的繪畫工作嗎？比方說輕小說，或是遊戲……或者也可以做VTuber的造型設計之類？」

「嗯——？我沒認真想過耶……啊，不過我想試著出一本色色的同人誌。」

「不要在大庭廣眾下說出來。等妳滿十八歲再說吧。」

「唔嘿嘿……真想趕快到兩年後。」

真要說的話，從這傢伙平常的言論聽起來，我看她鐵定沒在遵守什麼十八禁——但我看這話題還是少提為妙。

「最大的問題是妳能擺攤嗎？」

「當然是請Coser來顧嘍！」

「我就是在問妳有辦法找人嗎？」

我看八成會是我來找。我現在就能想像到將來的情況了。為了女性朋友的情色同人誌徵求Cosplayer來顧攤——這算哪種狀況？首先還得看女性朋友畫的情色同人誌就夠讓我頭痛了。

「好吧，反正想做什麼都得等妳畫功更進步才行，更重要的是得先撐過眼前的期末考。」

「要死了……不要提醒我啦——……」

無論伊佐奈未來選擇哪種出路，我都不能讓她高中輟學。就像今天的主講人慶光院先生，學歷也滿漂亮的——

「……話又說回來，我還是覺得有在哪裡見過他……」

「什麼？」

「欸，我還是覺得這位慶光院先生很眼熟，妳沒印象嗎？」

「咦？所以你的意思是說，我也有見過他嗎？」

對啊，我為什麼會問伊佐奈？難道說我見到他的時候，伊佐奈也在場嗎……？

「——嗯？」

就在我們走出講堂那棟大樓時……

我們聊到的當事人——慶光院涼成，正好在那裡用手機確認一些事情。

他注意到我們，低聲說：「你們是……」

「——噢，果然是你們。在洛樓的文化祭……」

然後，又說出了這句話。

霎時間，我卡在某個點的記憶也一口氣開始流動。

對——沒錯。

文化祭那次，就在正好只剩下我跟伊佐奈兩個人的時候，他來詢問我跟結女的班級在哪裡──

「真是意外巧遇。謝謝你們那時候的幫助。」

慶光院──叔叔臉上浮現溫柔的笑容，過來跟我們說話。

伊佐奈只是混亂地「咦？咦？」叫著，看看我又看看慶光院叔叔的臉。

「我們在文化祭見過他。」

我壓低聲音說了。

「就是我們倆一起的時候來跟我們問路──離開時還說妳是『迷人的女朋友』的那個人。」

「──啊！那時候的……啊～！」

伊佐奈似乎終於想起來了，發出恍然大悟的叫聲。

對，一般來說要想起那種小事，應該會需要這麼長的時間。

「……您還記得我們？」

被我一問，慶光院叔叔促狹地笑著聳了聳肩。

「這是職業病了，我很擅長記人的長相。演講的過程中我就覺得眼熟，湊近一看便立刻想起來了。」

好驚人的記憶力。我完全記不得人的長相與名字，覺得這簡直是一種超能力。

「你們是高中生吧？竟然特地來藝大聽演講，真是好學。對遊戲創作者這一行感興趣？」

「也不是……今天是來轉換心情的，最近要考試。」

「考試？……噢，期末考啊。真糟糕，一離開學校就把學生行事曆忘光了。」

「您也是，那時候怎麼會來我們學校的文化祭？」

「有個朋友給了我邀請函。對於我這個年紀的人來說，學校會有點被神聖化。為了體會年輕人的感受，我一有機會就會到各所學校走走……再說，洛樓跟我也有點緣分——」

緣分？……但是聽剛才講座的介紹，他的母校應該是別的高中才對。

「輪到我的回合了。」

不知不覺間變成回合制了。

「以轉換心情來說，這個選擇還滿奇特的。要約會的話應該多得是更好的地點吧？就我看來，你們倆之中有一個——應該是這位女朋友吧。」

「唔咦？」

半個人躲在我背後當聽眾的伊佐奈，嚇得身體抖了一下。

「我猜她將來想成為某種創作者。我說得對嗎？」

我有點遲疑。我們沒有特別隱瞞伊佐奈的興趣，但我畢竟不是她本人，不適合擅自說出她的私事。可是就算想問過本人，伊佐奈在陌生人面前又會像貝殼一樣拒不開口。

不過，我只遲疑了一瞬間就改變了心意。

原因有二。其一是就算我不說，也已經被他看出九成了。其二是因為——

「——是的，沒錯。她正在練習繪畫，我覺得來聽講座可以形成刺激，就帶她來了。」

我的直覺告訴我，這是個機會。

從個人經歷與剛才的演講內容聽起來，他——慶光院涼成是發掘才華的專家。

我可以趁此機會，請這位專家評估伊佐奈的才華。區區一個高中生，很難有這樣的運氣。

當然這麼做也有風險，但我看他不像是會扼殺青年才俊的那種人。我覺得值得賭一把。

「哦？」

慶光院叔叔眼睛看著伊佐奈的臉，伊佐奈更是往我的背後躲。

「原來如此，繪畫啊。我從以前就毫無這方面的天分，看到會畫畫的人總是無條件敬佩。」

「我覺得以高一來說畫得很不錯。」

「等……水斗同學！」

伊佐奈紅著臉扯了幾下我的衣襬。不用害羞啦，妳是真的畫得很好。

慶光院叔叔似乎覺得很有意思，微笑著說：

「方便的話可以讓我看看嗎？我很喜歡看年輕人的作品。」

看來我的想法被他猜透了。但正合我意。

「伊佐奈，可以嗎？」

「我、我不敢……」

「反正都已經上傳到網路上了，再多被一個人看到也沒差吧。」

「那又不是面對面拿起來看……」

「哈哈哈！不用這麼害怕啦。」

慶光院叔叔語氣輕鬆地說了。

「我不是編輯，這裡也不是投稿現場。我自認為個性還沒扭曲到會貶低才見過兩次面的女高中生取樂啦。」

他很清楚創作者最害怕的是什麼。我覺得我沒有看錯人。

「你說作品有上傳到網路上，可以請教筆名嗎？」

「伊佐奈。」

「……嗚嗚……好吧……」

我說出伊佐奈的筆名，慶光院叔叔俐落地操作手機。

「是這個帳號吧……嗯……」

慶光院叔叔稍微瞇起眼睛。

伊佐奈的帳號目前只上傳了兩幅插畫。以投資組合來說內容太虛，所以只能算是自我介紹的衍伸內容，但慶光院叔叔的眼神相當嚴肅。

「……可以請教一個問題嗎？」

不久，落在手機上的視線直接轉向了我。

「這幅……第一幅畫，就是這張失戀少女的插畫……是你建議她上傳到網路的嗎？」

「……是我。」

「嗯……原來如此，你很有眼光。」

……嗯？怎麼會是我被稱讚？

「這幅畫看了讓人心情雀躍。雖然尚嫌粗糙，但也因此可以清楚地看出還有成長空間。同時卻已經清楚顯示出作者用插畫乘載感情的審美能力……還有，這第二幅畫也很出色，勇於將自己的性衝動表現在作品上而不見半點遲疑。這是創作者不可或缺的天資。」

「嗚咕～～」難以理解的呻吟聲傳進了我耳裡。看來她感到很不好意思。人家是在稱讚妳，妳應該高興才對啊。

慶光院叔叔突然伸手到西裝的懷裡，在內袋翻找了一下，「找到了找到了。」拿出名片夾。

「讓我重新來過，我叫慶光院涼成。」

然後，他遞出了一張設計精美的名片。

「抱歉自我介紹得遲了。可以請教你們的名字嗎？」

我邊收下名片邊說：

「我叫伊理戶水斗。」

然後用手肘戳了戳伊佐奈。

「我、我叫東頭伊佐奈……」

聲音很輕很細，但慶光院叔叔似乎聽得很清楚。

「伊理戶水斗同學，與東頭伊佐奈同學……好，我記住了。」

他輕敲兩下自己的太陽穴這樣說，「……嗯？」卻旋即皺起眉頭。

「……伊理戶水斗……」

「怎麼了嗎？」

「沒有。」

慶光院叔叔就像遊戲發售當天的小孩那樣，咧嘴笑了起來。

「巧合總是會一再發生。人際關係就是這樣才有趣。」

……？什麼意思？

「有事想找我商量的話別客氣，照那張名片的資訊聯絡我就對了。特別是水斗同學——我想不久的將來，我們就會再碰面了。」

慶光院涼成說了些故弄玄虛的話，促狹地笑了。

「不知為何別人常說我這人捉摸不定，難得有這機會就扮演一下先知了。」

慶光院叔叔接著說：「那就先這樣。」隨即快步離去。

我們一面目送他的背影遠去，一面說：

「……正是因為喜歡講這種話，才會被說成捉摸不定吧？」

「就是說啊。」

真不知道這人能不能信任……我歪頭看著收到的名片。

伊理戶結女◆重逢

「……嗯，還不錯吧？」

看著水斗的穿搭，我輕輕點個頭。

白色襯衫搭配造型簡約的外套，走休閒風但不會過分輕便——看起來也沒有故作成熟，我自己都覺得搭配得恰到好處。

水斗輕嘆一口氣說：

「把人當成換裝娃娃，怎麼還這樣高高在上的啊……」

「還不都怪你自己不認真搭配？」

「就只是吃頓飯，想那麼多做什麼？」

「人家幫我們訂了高檔餐廳，怎麼說也不能穿件抓毛絨舊衣就跑去吧！」

期末考順利結束，跟爸爸見面的日子終於來臨了。

根據媽媽轉達的內容，我們好像會在車站前集合，然後爸爸會帶我們去成年人約會時去的那種高級餐廳。我以前從來沒多問，難道我基因上的父親其實很有錢？

於是考慮到TPO原則，我準備了成熟風格的透膚材質冬季款連身裙。媽媽說費用爸爸會出，所以我等於是賺到一件衣服。

「你們兩個，路上小心喔。」

媽媽對著站在家門口的我們說。

「其實我應該要陪你們一起去的……」

「爸爸不是跟妳說『對妳先生不好意思』嗎？」

「對啦。他那人說話總是很有道理，讓我每次都無話可回……」

媽媽有些困擾地笑了。

我實在很難想像對於一個好歹結婚了多年的對象，還能夠這樣為對方設想。假如水斗另外交了女朋友，我能這樣設身處地為他著想嗎？我應該會覺得心情很複雜，絕不可能保持冷靜。

「那我們出門了。」

「嗯。水斗也是，我想你可能會很為難，但至少東西應該很好吃，就好好吃一頓吧。」

「好的。」

我們倆一起走出家門。

雖然從時間上來說還是傍晚，但天色幾乎已經全暗了。十二月的寒風吹得臉頰刺痛。我拉起穿在連身裙外面的大衣衣領，看了看走在身旁的水斗。還是一樣，從表情看不出他心裡在想什麼。

「你在緊張嗎？」

我一問，水斗也沒看我就直接回答：

「妳才是，會緊張嗎？」

水斗看起來一點也不緊張。臉色正常，聲調也正常。走路速度也跟平常一樣，整個人顯得很自然。至於我……

「可能……有點吧。」

不知道有多久沒見到爸爸了。

在小說或影集當中，有很多父親會定期與離婚的太太或女兒見面。但我不記得有跟爸爸像那樣會面過。

所以我一直以為，爸爸對我不感興趣。

而且老實說，我也一樣……跟爸爸住在一起已經是太久以前的事了，幾乎沒留下什麼記憶，偶爾聽到媽媽提起，也覺得好像在講一個陌生人。

除了小學遇到「回家訪問爸爸」的作業，讓我不知道該怎麼辦——如果問我對父親這個存在有多大感情，其實也沒有。

所以坦白講，我不知道今天見這個面有什麼意義。

爸爸現在忽然來找我與水斗，究竟有什麼事呢？我完全猜不透，所以心裡難免有防備，而且會緊張。

上次一時產生跟東頭同學打對台的念頭，想說先從周圍的人開始攻略起……可是這種心機早就被嚇跑了。

我們沒講幾句話，就這樣來到集合地點。

我們約在之前跟水斗約會時作為碰面地點的KYOTO TOWER SANDO前面。

街上早已一片耶誕氣氛，不知從何處傳來了耶誕歌曲。隔著似乎顯得有點心浮氣躁的群眾，可以看到有一些人低頭滑手機打發時間。

本來是說好到了就用手機聯絡。但還沒拿出手機，我就先注意到了。

有一名穿起大衣瀟灑又好看的男性，背靠銀色粗柱站在那裡。

看到那人的模樣，記憶自然而迅速地重回腦海。

「爸——」

「——慶光院叔叔？」

我還沒叫他，水斗先帶著吃驚的語氣說了。

咦？

身穿大衣的男性從手機上抬起頭來，望向我們。

然後，露出了作弄人的笑臉。

我的父親——慶光院涼成說：

「我就說吧？水斗同學。」

讓爸爸帶路，我們來到附近一棟大樓樓上的餐廳。從這間餐廳可以將京都的街景與京都塔等盡收眼底，標準的拍照打卡景點。但我腦中只是一片混亂。

水斗怎麼會認識我爸爸？

爸爸脫下大衣到桌旁坐下後，回答了我的疑問：

「前幾天我去大學演講時，湊巧遇到了水斗同學。我問他叫什麼名字，結果竟然跟結女的繼兄弟同名，我也嚇了一跳。」

「在大學演講……？」

「嗯？對了，我好像還沒跟妳提過我的工作。我在電玩公司當製作人，偶爾會有藝大之類的單位找我去演講。」

電玩……之前只猜到爸爸的職業應該是某種內容產業，沒想到……

我看向身旁假裝一臉懵懂的水斗。

「你什麼時候開始……對電玩感興趣了？」

「……我只是陪伊佐奈去。準備考試累了去散散心。」

水斗一副勉為其難的態度跟我解釋。

咦？請等一下好嗎？那豈不是說……不只是水斗，連東頭同學都見過爸爸了？連這條護城河都被她填平了？

我頓時之間變得更加六神無主。但是先等一下，我得冷靜下來。真要說的話，反正我本來就很少跟爸爸見面，他要把東頭同學當成水斗的什麼都沒影響。以護城河來說離城堡太遠了。

「對了，水斗同學。」

爸爸一邊用濕毛巾擦手，一邊跟水斗說話。

「說到這個，第三張插畫已經上傳了呢。每幅新作都可以看出畫技的進步。能夠邊考試邊完成畫作實在很了不起——是你這經紀人的功勞嗎？」

「是靠她自己的才華，我只負責催促她。」

……咦？什麼？經紀人？

「什……什麼意思？你跟東頭同學在做什麼？」

「就是……」

「他在幫助朋友進行創作活動。」

水斗一開始支吾其詞，爸爸就說了。

「他不但很有識人的眼光，培育方針也規劃得很好。實在不敢相信才高中一年級。」

「……不是說當家教嗎？」

我瞪著水斗。他別開目光裝傻，看起來顯得有點尷尬。

「……那是凪虎阿姨請我做的。經紀人是我自己要當的。」

「是……這樣啊。」

我也知道東頭同學在畫畫，但沒想到是當成一種志向。的確，假如東頭同學要進行創作活動，我也覺得她會需要別人——像是水斗的幫助。

可是，從水斗的語氣或態度當中，彷彿可以窺見對我的某種歉疚。是不是不想讓我知道他跟東頭同學在進行這種活動？為什麼……？

「好，大家先點自己想吃的吧。不用在意價錢，今天是我基於個人理由找你們來的。」

我一邊被寫在菜單上的價格嚇到，一邊跟水斗點好了餐點。只有爸爸點了葡萄酒。

服務生替我們點好菜離開後，我怯怯地開口：

「……呃……今天為什麼要……問這個沒關係嗎？」

跟父親講敬語很怪，但我又覺得彼此沒熟到可以沒大沒小，有點不知該如何開口。

爸爸顯得毫不介意，溫和地笑著說：

「也是，那就先說這件事吧。」

他的雙手手指在餐桌上輕輕交握。沒有一根手指有戴戒指的痕跡。

「差不多是在四月吧，由仁她——抱歉，伊理戶女士告訴我她已經開始了新生活。主要其實是要告訴我不用再付贍養費了……不過同時她也讓我知道，結女現在有了個同年齡的兄弟。她說兩人應該都正值多愁善感的時期，沒想到相處得意外融洽。可是——」

爸爸微微偏頭，又說：

「我就明說了。你們都很聰明，我再打馬虎眼也騙不過你們——可是我聽了，心裡就想『一對多愁善感的男女高中生忽然得住在一起，卻從一開始就能相處融洽，怎麼想都不自然』。」

我心跳漏了一拍，倒抽了一口氣。水斗也是，眼睛眨也不眨地抿起嘴唇。

「即使可以好好相處，也不太可能『立刻』就辦得到——不管怎樣努力，剛開始都得摸索相處模式，彼此的關係會比較僵硬。可是，伊理戶女士並沒有這麼說。我出於職業病，看到這種不自然的部分會忍不住亂猜——我試著想了一下假如伊理戶女士說的是實話，事情會有哪些可能性。結果，我的腦海浮現出三個假設——」

爸爸豎起三根手指，說了：

「其一，『兩人原本就認識』。」

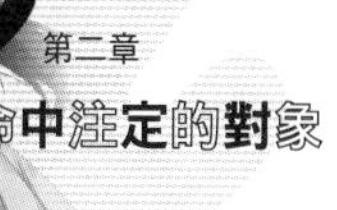

他彎曲無名指。

「其二，『對方是個相當與眾不同的男生』。」

彎曲中指。

「其三，『兩者皆是』。」

彎曲食指。

一舉一動簡直就像推理作品的名偵探，而且完全被他說中了。我們從以前就認識了，而水斗也的確相當與眾不同——正因如此，我們才能從一開始就扮演關係融洽的兄弟姊妹。身為當事人的媽媽以及峰秋叔叔，一定是因為如釋重負，才沒懷疑我們這種不自然的部分。但爸爸是局外人，所以可以冷靜地進行分析——知道我與水斗之間，有著超出普通繼兄弟姊妹的某種關係。

正好就在這時，服務生送來了飲料。放到我面前的是冰紅茶，水斗的是烏龍茶，爸爸則接過了玻璃紅酒杯。

爸爸輕輕晃動注入玻璃杯裡的紫色葡萄酒，說：

「無論是哪個原因，都讓我深感好奇。」

他傾斜酒杯，像是用紅酒潤唇。

「我無意現在才來擺出做父親的架子，但還是想知道親生女兒願意跟他住在一起的奇特男生，究竟是個什麼樣的孩子。純粹出於好奇——本來只想在文化祭看一眼就好，可惜的是我去你們班上時，你們倆似乎都正好不在。」

「咦？你有來文化祭啊……」

「朋友給了我邀請函。順便提一下，我那時還湊巧遇到了水斗同學與東頭同學。只是沒想到你竟然就是我在找的男生。」

我驚訝地看向旁邊，水斗說：「我也沒想到他是妳爸。」爸爸說也見到了東頭同學，那應該就是三個人一起逛攤子的時候了……我有自己去過一次洗手間，說不定便是那時遇到的？

「於是我就決定直接跟你見個面。只是遲遲抽不出時間，足足拖了兩個月。」

……原來是這樣啊。

我好像能理解了。

爸爸又喝了一口紅酒，瞥了一眼默默地喝烏龍茶的水斗，然後看著我微笑了。

「結女，他這人真的很有意思。個性冷靜得不像高中生，卻又具備了恰恰相反的熱情。既是現實主義者，又是浪漫主義者——這樣說有點老王賣瓜，但我覺得他跟我有點像。」

我覺得這段評語彷彿說中了水斗的核心人格，但又好像只接觸到表層。

至少在我確定自己的心意時——在看到水斗仰望著煙火，靜靜落淚的時候——我並沒有

產生這種感想。

「我也能理解伊理戶女士為什麼覺得放心。結女，妳可得懂得珍惜他這個家庭的新成員才行喔。」

「……嗯。」

「妳已經有將來的目標了嗎？聽說妳在校成績相當好。」

「嗯——還沒有特定的目標……現在心思都放在學生會上。」

「這樣很好啊。學生的特權就是可以有無限的選擇，盡量去發掘樂趣吧。」

爸爸並沒有把想法表現在態度或語氣上。可是，我隱約感覺得出來。

爸爸還是一樣，對我不怎麼感興趣。

我也一樣。對這種狀況心裡沒有半點怨氣。

爸爸真正感興趣的是水斗。而對我來說現在最重要的也是與水斗的關係。

說起來，真的很妙。

伊理戶水斗本來應該是最大的局外人，卻成了現場最大的矚目焦點。

伊理戶水斗◆人生的主線劇情

「我去一下洗手間。」

我們邊聊邊用餐了一段時間後，結女起身離席。

留下我一個人，坐在慶光院叔叔的正對面。

按理來講這樣應該會很尷尬，但慶光院叔叔顯得非常自在。他還是一樣，臉上浮現洞悉一切的笑意，定睛看著我的臉。

然後他說了：

「你好像很喜歡結女呢。」

就像在講一件理所當然的事情。

我拿著叉子的手一瞬間僵住，隨後，我將視線對著桌子的中間回話：

「……您為什麼這麼想？」

「本來是沒打算多問的……但是跟你聊天，似乎會讓我變得比較多嘴一點。」

慶光院叔叔語氣有點無奈，又接著說：

「算不上什麼推理，只是瞎猜罷了。『一對多愁善感的男女高中生從一開始就能相處融洽，太不自然了』──『也許相處融洽只是裝的？』──『這樣的話，也許兩人其實關係惡劣到必須刻意強調他們很合得來』──『可是溝通起來又很有默契，可以事先套招，兩人的關係究竟是？』──還需要解釋更多嗎？」

「……不用。」

真的，什麼都被這人看透了。

就連跟我們住在一起的爸爸還有由仁阿姨，都還沒發現這件事……這人卻在這麼短的時間內，就全都識破了？

「不過照這樣看起來，你們的關係應該已經改善很多了。難道是復合了？」

我把手裡的餐具，靜靜地放到盤子上。

大概要開始談今天的主題了。

「我以為您把我跟伊佐奈當成情侶了。」

「一開始見到你們的時候是這樣沒錯。但是日前見到你們時，我改變了想法。你看她的眼神，不是把她當成一名女性──而是看著一個有才華的人……或者我換個說法吧。你看到的，是握有你人生主導權的人。」

「…………………」

「水斗同學，你跟我很像。甚至可以說我們是同一種人。像我們這樣的人，從來就沒想過成為哪個故事的主角。發掘有主角資質的人，將那人的人生故事盡量寫得精采有趣──這對我們來說才是最重要的。為此，我們自己的人生並不重要──這不是自我犧牲，也不是他者依存，就某種意味來說是最極端的自我主義者。」

「…………………」

「你懂我的意思吧？水斗同學——我看你現在除了培植東頭同學的才華之外，已經漸漸覺得其他事情都不重要了吧？對——連自己的感情也不例外。」

我想待在結女的身邊。

希望結女待在我的身邊。

這是我的唯一選擇，我的身邊只容得下妳。這份心情沒有改變。

可是除此之外，一切都變了。

……不，不對。其實是我自己渾然不覺。直到看到伊佐奈的那幅畫之前，我並不知道自己竟是如此沒把自己納入考量的一個人。

目前，我還在搖擺不定。

將伊佐奈打造成畫家的工作，還沒有做出成果。還沒嘗到勝利的滋味。

可是，萬一嘗到了那種滋味。

我就再也回不來了。

其他所有事情都會變成次要。

我的本能知道這一點。

「……讓我聊聊自己的故事吧。」

慶光院叔叔用諷刺的口吻開始說起。

彷彿對我的未來，做出預言。

「我還清楚記得結女出生時的情形——當時我有個案子忙不過來，要等到她出生後過了幾天才見到她。」

那時的事情，之前我已經聽老爸談過了。

他說由仁阿姨因為丈夫不來看孩子，讓她心裡很不安——

「我有幾個朋友比我早結婚，他們都異口同聲地說——『只要一看到出生的孩子，就會覺得人生今後的意義全都在這孩子身上』。我覺得這是作為生物該有的反應，也期待自己產生同樣的轉變。我祈求——儘管我是個連老婆分娩都沒辦法去陪她的窩囊廢——我仍然希望自己是個能夠正常照顧家庭的人。」

——我知道後來怎麼樣了。

否則我與結女就不會在一起，也不會成為一家人了。

「結果我完全事不關己。」

慶光院叔叔瞇起眼睛，像是承受某種痛楚。

「只有那一刻……我令我自己厭惡到噁心。」

向來總是彷彿洞澈一切般面帶微笑的慶光院叔叔，第一次在我面前，表現出最真實的情感。

「對於自己這種令人無法恭維的人格，我不得不做一番省思。水斗同學——我想所有人都會在某個瞬間感受到自己的使命，在那一刻確信『這就是我要的幸福』……對很多人來說，那一定就是孩子出生的那一刻吧。」

使命。自己要的幸福。

這些簡潔的詞彙，逐漸為我模糊的內心感受賦予了輪廓。

「可是，我的那個瞬間早就結束了，早就已經有了定論。用遊戲來說的話，便是主線劇情。所以孩子出生這件事，就只能被安排到支線劇情去了。」

這恐怕是無可奈何的事。

不是改變心態就能解決的問題。自己天生就是這種人，天生就是要過這種人生。以此作為標準產生的感情，無法憑自己的意志去操控。

當然了，誰不是這樣？

孩子出生了，誰都想成為好爸媽。

不可能不這麼想，不可能不抱這種希望。無論現實中的自己是個多糟糕的父母。

即使聽起來像是軟弱無能的藉口，無奈這便是事實。

「自從知道自己是這種人之後，我決定盡量不給家人造成負擔。我僱用專業人士照顧孩子，就連三餐也盡可能不麻煩由仁準備……這種作法卻完全不符合由仁所想像、追求的家庭關係。」

慶光院叔叔帶著寂寞的神情自我解嘲。

「我跟她——對幸福的定義完全不同。」

慶光院叔叔理想中的未來，恐怕在於事業成就。

可是由仁阿姨理想中的未來，存在於家庭之中。

看到由仁阿姨在家裡的模樣就知道了。由仁阿姨明明自己工作也很忙，卻常常幫我們帶便當。她有時會從這種像是一般母親會做的事情當中獲得滿足。母親節送她禮物的時候，她感動成那樣也是一個例子。由仁阿姨大概是對所謂的家庭抱有憧憬吧。

而慶光院叔叔，沒能滿足她的這種憧憬。

「於是我覺得，不能再繼續讓她虛擲人生了。其實我很早就下定了決心，但真正開口的是由仁。我當下就接受離婚，然而看到我的反應，由仁露出了我認識她以來最悲傷的表情……到現在我還是覺得自己虧欠她。」

我想起了自己與結女分手時的情形。

我們都露出如釋重負、鬆了一口氣的表情。可是在心裡的某處應該有產生過這個念頭：

假如我是個更好的人，也許就不會走上這種結局了。

「我沒有資格自稱為父親，所以我讓結女跟由仁姓。而我則是規規矩矩地支付贍養費。對於我的人格缺陷對她們造成的損失，我只能做這點補償——雖然付錢了事既粗俗又難看，但我也不知道還能怎麼負責了……」

慶光院叔叔闔眼半晌後，眼神嚴肅地注視著我。

那是成熟大人的眼神。

是一個人與另一個人對峙時，會有的眼神。

「我這輩子還是第一次做出這麼赤裸的告白……水斗同學，你知道我為什麼只跟你一個人說這些嗎？」

我知道。

再清楚不過了。

「如果你想永遠待在結女的身邊，就會出現責任問題。一般高中生是不用去思考這些責任的……但你們身處的特殊環境，沒那麼容易淡化你們的失敗。**你們之間的感情，關係到你們家人的人生**。所以為了由仁，我必須鐵著心腸，質問你的決心。」

我不想去了解。

真希望能繼續懵懂無知下去。

「你可能會讓結女，步上由仁的後路。」

可是，當我看到東頭伊佐奈的畫作時，一切就在那一瞬間決定了。

「水斗同學——你應該早已發現對你來說，什麼才是幸福了吧？」

伊理戶結女◆對未來沒有共識

「…………………」

我……都聽見了。

從洗手間回來時，我聽到他們倆在談話，當下沒多想就屏息偷聽……

結果……全部都聽見了。

我想起半年前的舊事——東頭同學跟他表白時，曉月同學說過的話。

水斗對情侶關係毫無執著——所以如果要交往，只會選擇真心想在一起的人。

可是，那是以前的我。

是以前的他。

他也有可能——已經不再想跟任何人在一起。

爸爸說過，要我從無限的選擇當中發掘樂趣。

簡直好像在說，有些人沒有無限的選擇——

有些人已經做了選擇……

——不像我，也有那樣的人。

「…………」

唉，事情已經獲得證明。

只有他一個人貫徹孤傲性情，我選擇了改變。

我們不就是因為這樣才吵架、分手的嗎？

我們對幸福的定義——理想中的未來——有著明確的差異。

這種事情，我早就知道了……

伊理戶水斗◆命中注定的對象

「那麼，幫我跟伊理戶女士問聲好。回家路上要小心喔。」

說完，慶光院叔叔就消失在入夜的市區中。

我們目送他的背影一段時間後，結女說：

「回家吧。」

「……好。」

我們走在洋溢耶誕氣氛的城市裡，準備回到同一個家中。

我們，是繼兄弟姊妹。

不只是一對男女，更是同住一個屋簷下的家人。

所以，我無法不考慮後果。當不了犯錯還能挽回的孩子。

走每一步都必須考慮到家人，考慮到將來。

這件事，我已經想了很久。

只是一直沒想出答案罷了。

「……問你喔。」

維持少許距離走在我後面的結女，忽然間說了。

「你有想過，將來要做什麼嗎？」

我回頭看她一眼。

結女抬頭看著我的臉，像是有所期待。

「幹嘛忽然問這個？」

「剛才爸爸不是問過我嗎？所以，我也想聽你的答案。」

我將視線轉向一旁，然後仰望夜空。

呼出的氣息，有些冰冷泛白。

「我不知道。」

仰望著白色氣息漸漸融化在夜晚的空氣裡，我說了。

「坦白講，我很沉迷於現在正在做的事，會覺得未來怎樣都無所謂。」

「……現在正在做的事？」

「培植伊佐奈的才華。」

我毫無隱瞞地如實以告，彷彿至今的猶疑都只是錯覺。

「那傢伙是真的有天分。她開始認真畫畫才兩個星期，卻真的越畫越好。在網路上也漸漸有了名聲。這帶給了我很大的快樂與樂趣。」

看到她在插畫社群網站上漸漸有了固定粉絲，我已經替她建立了Twitter帳號。

儘管追蹤人數還很少，但每天都有增加，第一幅插畫更是已經得到了一百多個讚。

這些清楚可見的結果，讓我獲得了明確的成就感與興奮。

「我是第一次有這麼大的意願，想主動『投入』某件事。」

我一直以來，都像是在閱讀中尋找自我。

可是，無論吸收再多別人的人生，我自己內部從來沒有催化出什麼事物。

這樣的我，有生以來頭一次萌生出願望。

東頭伊佐奈能成長到什麼地步——我的內心大喊著想知道答案。

「所以——雖然我還沒有做好決定——但如果有別條路能夠幫助這個目標，我也許不會去念京大。」

我盡可能講得輕鬆一點。

「妳高中念完會去京大吧？妳是念洛樓的，是全年級榜首，又是學生會成員，這條路幾乎是確定了。到時候，也許我們會念不同的大學——目的總算達成了。」

我笑了笑，覺得有點諷刺。

當初我是為了跟結女念不同學校，才會報考這所高中的。卻因為彼此都懷著同一種心思，變成現在的情況。

這次，因為我們懷著不同心思，所以當然不會念同一所學校。

儘管那是兩年後的遙遠未來。

拓展無限可能的她，與已經確定努力目標的我，不可能走上同一條路。

——唉。

我被迫理解這個狀況。

我偏偏就是接受了，就是理解了。我心裡明白，這也是無可奈何的。

這種懂事認命的心態，證明了慶光院叔叔說得對。

我對幸福的定義，已經確定了。

我的肩膀上，早已扛著一份使命。

我的確喜歡結女，卻缺乏與她建立美滿家庭的動力。

但願此刻暫時停留。

如今我知道，我為什麼會自然而然地那樣祈求。

因為繼續走下去，我就會發現——我無法讓結女過得幸福。

凍結的氣息融化在空氣中。

同時，兒時的夢想也一起消逝。

老天爺設下的陷阱，整得我們團團轉。

但是，到了這一刻，我終於明白了。

我們不是彼此命中注定的對象。

「——不要。」

有人抓住了我的右手。

冰冷凍僵的纖細手指，像孩子一樣緊緊扣住我的手。

「不要。我……不要那樣。」

像是童言童語。

卻是明確的一句話。

結女面帶不顧一切的神情，注視著我的眼睛。

「我……不要你離開我。」

「……妳……」

這是決定性的一句話。

這句話，給至今以玩笑話包裝，用暗中挑逗做掩飾的那些行為，賦予了決定性的意義。

可是，結女微弱地不住搖頭。

「我不說，我偏不說。這次……我非讓你先開口不可。」

因為上次，也是妳先開口。

「所以……」

結女盡全力緊抱住我的手臂，像是要把冰冷的氣息灌入我的體內，湊近過來對我說了：

「我絕對……不會讓你逃走。」

第三章 邪念戰爭

亞霜愛沙◆早已做好心理準備

作戰成功了。

我每次跟學長見面，都慢慢減少胸墊的數量，今天終於讓數字歸零了。

不過還是穿了集中托高讓胸部顯大的胸罩就是。

總之，到今天為止，學長都沒有對我的胸圍起疑。

然後……這天約會結束時——

命運的時刻，終於來臨了。

「……妳要不要來我家？」

講得笨拙又粗魯，可是顯然別有心思。

我沒資格說他。因為我滿腦子也都是那種念頭。

「……那就打擾了。」

我被學長請進房間，沒想到整理得意外乾淨。

還沒交往的時候，我有看過一下他的房間，記得那時候比現在零亂一點……應該是為了我，特別打掃過吧。

「怎麼好像整理得很乾淨呀？好難得喔。」

「要妳管。」

我像平常一樣挖苦他，像平常一樣被他隨口應付，像平常一樣偷笑。

一進來就營造出那種氣氛會顯得好像很猴急，太害羞了。所以我跟學長，都努力維持一如平常的態度。

我看看書櫃，看看書桌，在房間裡走來走去，假裝若無其事地坐到床沿，兩個人看同一支手機，看同一個影片……

漸漸地，我倆的距離慢慢靠近。

學長的大手，與我撐在床上的手相疊了。

「……啊。」

怦咚一聲，心臟激烈地跳動。

我聽著好像快要爆炸的心跳聲，鼓起勇氣，輕輕靠到了學長的肩膀上。

接著，學長溫柔地抓住我的肩膀。

我抬起臉回應，我倆的視線交纏了片刻——

——像是互相摸索般，嘴唇緩慢地交疊。

「……嗯……」

初吻早在交往後的第一次約會就做過了。

那是在跟鈴理理她們商量減少胸墊計畫前的事。

當時我像平常一樣開他玩笑，結果他用強吻的方式堵住了我的嘴。看到嘴唇分開後我還在發呆，學長說：「妳就喜歡這種的吧。」目光還害羞地四處游移。學長你真了解我。包括自己愛耍帥又怕羞的純真部分在內，我變得更是喜歡學長，喜歡到快要瘋了。

這個吻，是下一個階段。

是允許彼此觸碰對方，認同與接受的……那種儀式……

長吻的結束，是已經做好心理準備的信號。

「…………」

「…………」

在只聽得見心跳聲的寂靜中，我視線左右游移了一下，然後用緊繃僵硬的手，好不容易才解開了女生襯衫最上面的鈕扣。

然後把手放下，將自己的身體交給學長。

學長看懂了我的意思，用關節分明的手指，慢慢解開我的鈕扣。

當襯衫前面打開，只穿了胸罩的上半身暴露在學長眼前時，我的大腦變得滾熱。

在學長的手裡，保護我的衣物被一件件褪去。這讓我感覺像是某種神聖的儀式。像是將我與學長的存在，相繫在一起的步驟⋯⋯

這段過程，以胸罩扣彈開的聲響，迎來了高潮。

肩帶從肩膀滑落，穿過上臂與手肘往下掉。我做了個較大的深呼吸，然後放下顫抖著按住罩杯的手。

脫下的胸罩發出細微聲響，掉在床上。

學長微微瞠目，倒抽了一口氣。

我一絲不掛、毫無遮掩的模樣，讓學長看見了。

「⋯⋯那、那個，學長⋯⋯」

都到了這種時候，我還是死不承認地繼續找藉口。

「胸⋯⋯胸罩脫掉，胸部看起來都會小一點⋯⋯所以⋯⋯」

「不是。」

學長像是急著否定，然後逃避般地別開目光。

「⋯⋯我覺得妳很美，可是又怕說出來變噁男⋯⋯抱歉。」

——唉，這個人真是的。

明明個頭這麼高，好像一兩個女人對他來說根本不算什麼，卻又是個如假包換的處男。

不管我變得多喜歡他，都趕不上他的魅力。

「……學長？」

我稍微恢復了從容，淘氣地笑了起來。

「再來換學長嘍，請把兩隻手舉起來。萬歲姿勢——！」

「當我小孩子啊……」

我閃過學長可能因為緊張而沒平常有力的吐槽，脫掉他的衣服。

學長透過社團活動鍛鍊出的結實體魄有如男神，讓人看了垂涎三尺。雖然堅硬，但富有把手指推回來的彈力。好像摸再久都不會膩。

最後，注意力當然會朝向僅剩的一條四角褲。

我渾身上下也只剩一條內褲。

我抬眼跟他做視線接觸。

我早已做好心理準備。

最後一件，我們都自己脫掉。我們坐在床上，彼此看著戀人決不會讓別人看到的模樣，就這樣互相凝視了好幾分鐘。

學長是裸體。

我也是裸體。

……嘿嘿，這是在幹嘛啦？

隨著時間經過，我稍稍適應了令大腦發麻的興奮風暴。接著就開始覺得這個狀況還滿搞笑的。

我戰戰兢兢地去靠到學長身上。平常不會接觸到的部位互相貼近，感覺癢癢的，又很溫暖。這讓我更加開心起來，竊笑著吻了學長。學長也緊擁我的身體，我整個人依偎在學長的臂彎裡。

後來有一段時間，我們就像小孩互相搔癢那樣，在床上鬧著玩。

等到回過神來時，我已經變成了仰躺姿勢，學長欺上了我的身子。

學長的眼中，只映照著我一個人。

我的眼中，一定也只映照著學長一個人。

「……那個……你有嗎……？」

我怯怯地問。學長沒說話，只是點點頭，伸手去開邊桌的抽屜，拿出一個打開過的小盒子。

我們還沒變成大人卻希望身體結合，就不能沒有這個。

可是，只有一件事讓我在意。

抬頭看著學長把手指塞進盒子裡想把東西挖出來，我忍不住說：

「……盒子是開的……」

蓋子……明明是第一次……

「啊……不是，這是因為……」

學長先是一臉焦急，然後尷尬地低下頭去。

「……我只拿一個練習過。」

我不禁露出了微笑。

「學長好可愛。」

「我有什麼辦法……」

練習沒白做，準備很快就做好了。

彈簧床被擠壓出嘰的一聲。

學長把手放在我臉旁邊，神情緊繃地說了：

「……可以吧？」

不用問也知道。

「……可以。」

學長撐起上半身。

我讓自己放鬆。

我早已做好心理準備了。

「——痛死我啦啊啊啊啊啊啊啊啊啊啊啊啊啊啊啊啊啊——！」

可是心理準備歸準備，痛還是痛得要命。

伊理戶結女◆報告是義務

期末考結束，學校進入補課期間。這對大多數學生來說就跟放寒假差不多，但我們學生會還有一點工作必須在年內完成。

於是我們照常在學生會室集合，不過亞霜學姊晚了一點才到。

「大家早啊。」

起初我只是感覺「她好像比平常安靜了一點」。

但是慢慢地，從她的表情或舉動散發出的香豔氛圍，誰都開始察覺到了。

我與明日葉院同學面面相覷。紅會長煩躁地皺起眉頭瞪著亞霜學姊。羽場學長擺出事不關己的正經態度，繼續做事。

而亞霜學姊就只是保持著暗示性的沉默。

「……先休息一下吧。」

大家各自默默工作了大約一小時。不過，當紅會長一宣布休息的瞬間，我與會長便一同站了起來。

然後，我跟會長一起抓住亞霜學姊的手臂。

「咦？幹嘛？」

「過來一下。」

「集合。」

我們用拖的把亞霜學姊帶離學生會室。明日葉院同學也怯怯地隨後跟來。

我們進了女廁，在洗手台前面把亞霜學姊包圍起來。

「有話想說就快說。妳跟星邊學長怎麼了？」

會長開門見山地說了。

「咦～？」亞霜學姊露出羞答答的微笑，指尖搓揉玩弄著髮梢。

「也沒怎樣啊……應該說沒必要特地報告嗎？情侶本來就是這樣嘛？」

「什……！」

「難道說……！」

聽到亞霜學姊這種口氣，會長與我立刻就明白她的意思了。明日葉院同學一言不發，臉頰也慢慢泛紅。

亞霜學姊面露從容自在的笑容，說：

「真的沒什麼啦！……不過謝謝妳們喔，這都要感謝大家替我出主意～！以後換我來為大家加油了！」

「忽然變得高高在上的了！」

「妳還真是個惹女人厭的天才啊！」

亞霜學姊毫不隱藏優越感，笑得好不得意。明日葉院同學「啊哇哇哇」地漲紅著臉，發出苦悶的哀叫。

可是話又說回來，怎麼會這麼快？他們交往到現在還不到一個月耶！會長之前預測他們會因為助跑期比較長使得關係發展得更迅速，看來是說對了。

「妳們嘴上這樣說……」

亞霜學姊意味深長地偏著頭，說：

「其實還是會好奇吧？……想知道是什麼感覺。」

我與會長同時倒抽一口氣。

那當然會好奇了。不可能不好奇。

可是實在沒想到，本來比我更加沒經驗的亞霜學姊才沒經過多久，現在竟然反過來要教我——

「妳們如果求我的話我就說嘍～！雖然很害羞，可是妳們都求我了就沒辦法嘍～！妳們都開口求我了嘛～！」

——竟然反過來要教我……！

「「……拜託妳了……」」

我與會長忍辱負重，低聲下氣地求她。

亞霜學姊說：「真拿妳們沒辦法～！」喜不自勝地開始分享。

「哎，該怎麼形容好呢……用一句話來說，就是……很溫暖吧？」

「溫暖？」

「該說是他人的體溫嗎？置身在這種溫暖的懷抱裡……平常不會觸碰到的部位互相貼近，就好像那種『真的可以摸嗎！』的特別待遇……雖然很興奮但又很放心，感覺很不可思議……嘿嘿，抱歉，嘴角忍不住上揚。」

亞霜學姊幸福洋溢地咧著嘴角笑嘻嘻的。剛才一下子被她惹得有點火大，但看到她這副表情就會真心為她高興。

「然後呢？」

會長用催促的語氣說。

「聽說第一次會很痛，妳當時還好嗎？」

「這個嘛～————……這、個、嘛～……」

……神色開始不對勁了。

看到亞霜學姊忽然開始目光閃爍，紅會長瞇起眼睛笑了。

「愛沙啊，大家至今聽妳傾訴了那麼多煩惱，都不是外人了吧。妳以為妳在神戶能順利跟學長變成一對是誰的功勞？」

「……………是各位的功勞……………」

「既然如此，妳不覺得妳有義務嗎？有義務向大家報告事情真相。」

「……………嗚嗚嗚嗚……………」

亞霜學姊像是潸然落淚般地遮起了臉。

然後，她用小得像蚊子叫的聲音吐實了：

「……………實在太痛了，我叫得像殺雞一樣……………」

「「「啊──……」」」

連明日葉院同學也跟我們一起哀叫，醞釀出「這傢伙搞砸了」的氣氛。

亞霜學姊兩眼噙淚地抬起了頭來。

「那麼痛誰忍得了啊！大家都會這樣啦！我敢肯定！」

「無論妳想拖誰下水，妳的初體驗回憶已經確定了。接受事實吧。」

「啊～……不要說了～……！我聽見美夢破碎的聲音了～……！」

看來現實不見得像輕熟女漫畫那麼美好。

我並沒有預定要做那檔子事，卻也開始有點害怕了。

「真是。這下小生比較放心了，妳一如期待地還是個草包。」

「妳一個處女沒資格講我！」

紅會長臉部肌肉跳動了一下，頓時啞口無言。亞霜學姊獲得最強的反駁金句了。

「嗚嗚～！」亞霜學姊跑去跟明日葉院同學討拍，又說：

「我也很想無怨無悔地撐過那種痛啊～！可是真的很痛嘛～！」

「我是不知道那有多痛，可是學姊，生孩子的時候會更痛喔。」

明日葉院同學毫不留情地說出真相，「嗚嗚～！」變成了「嗚哇～！」

大概是終於心有不忍了，紅會長帶著關懷的神情拍拍她肩膀。

「不過，也還不錯啊，幸好星邊學長是暖男。妳一喊痛他就停了吧？」

「……嗯……」

「就是說呀。」我也跟著說。「我不知道學姊叫得多慘，但星邊學長不會因為這點小事就嫌棄妳的。」

「……嗯……」

亞霜學姊緊緊抱住嬌小的明日葉院同學，摸摸她的頭。

然後說了：

「……後來他抱著我，哄了我快要一個小時……」

「「「…………………」」」

安慰氣氛一瞬間煙消雲散。

「好，解散。」

「會長，我們該回去做事了。」

「學姊也快點回來吧。」

「咦！大家怎麼忽然變這麼冷淡！為什麼～！」

講半天還不就是放閃嘛。

伊理戶結女◆訊號

話雖如此。

我還是有點事想問亞霜學姊。

「……那個，學姊。」

「嗯～？什麼事呀，小結子？」

準備回家的時候，我偷偷去找沒再故作從容的亞霜學姊說話。

我一面確認走廊四下無人，一面壓低聲音說：

「（我有件事，想請教學姊……）」

「哦～？」

亞霜學姊兩眼發亮，配合著我放低音量。

「（……是色色的事嗎？）」

「（……算是。）」

「說來聽聽唄！」

我急忙豎起食指說：「噓——！」

這種話題不適合在走廊上講，於是我們移動到走廊尾端。

「……那個，是這樣的，學姊。」

「嗯，怎麼了？」

見我扭扭捏捏欲言又止，亞霜學姊一反剛才的態度，表現得像是一位很會照顧學妹的學姊。她溫柔的口氣鼓勵了我，我鼓起勇氣說了：

「……學姊是……怎麼跟他開口的？」

「咦？」

「我是說，就是……學姊是怎麼跟星邊學長……營造出那種氣氛的……」

「……嗯～？」

亞霜學姊像是對一切心領神會般地淺淺一笑。

「妳有計畫啊？」

「沒有，才沒有那種事……！……只是想知道，怎樣才能讓對方產生那種意願……」

「原來如此原來如此，原來是這樣呀？ＯＫ、ＯＫ，完全可以理解。雖然作為一隻獨角獸心情很複雜，但可愛學妹都這樣拜託我了嘛！」

亞霜學姊可靠地挺起胸脯，說：

「不過說歸說，其實我也是學長跟我開口的啦！」

「啊——……」

「喂，不准對我失望！正確來說是『我讓學長開口的』！是我！」

亞霜學姊不服輸地噘起嘴唇。

「雖然從開始交往以來學長就變得滿肉食系的，但要不是有我釋出的進一步訊號，哪有可能這麼快嘛！」

「什、什麼是進一步訊號……？」

「這就要看當時的狀況了——……以我的情況來說，就是有點誘受這樣。」

「誘受……？」

看到我對這個陌生詞彙偏頭不解，亞霜學姊沉吟著說：「該怎麼解釋才好呢——」

「我舉個例子，比方說像我們這樣走在一起好了。」

「嗯。」

亞霜學姊站到我身邊來。

「然後我若無其事地碰妳的手背。」

學姊的手背，輕輕碰到一下我的手背。

「假如這種動作來很多次，小結子妳會怎麼想？」

「會猜想『他是不是想牽手？』。」

「沒錯！這便是一種訊號。跟自己主動去牽對方的手不太一樣，對吧？」

的確……該說是勾起對方那種念頭，還是傳達自己的需求？仔細想想，我們還在交往的時候，我或許也做過類似的動作。

「簡單來說，就是暗示對方『你可以碰我』。現在碰的是手所以還沒什麼，但如果換成後頸、大腿或是胸部……」

「好色……！」

「是不是？」

亞霜學姊略顯得意地用鼻子哼一聲。

「除了『你可以碰我』訊號之外，還有『你可以看』訊號喔。比方說也許太露骨，但可以說『好熱喔～』然後把胸前衣服拉鬆一點之類。」

「我漸漸可以理解了……！也就是把女生該拉起的防線故意放下，對吧！」

「正是這樣。要做得跟平常有差別喔，如果整天都這樣就只是個慾女了。」

我想起了剛開始跟水斗一起住的時候發生的狀況。

就是我圍著浴巾去挑逗水斗的那次——現在想想，那可能是我們最有可能越界的一刻。

至於水斗洗澡時我去硬闖的那次，可以感覺出對方也不想認輸的氛圍。也許表示那次做

得太過頭了。

訊號必須給得若無其事，但是要夠明確。

只要能做到的話——

「簡而言之，就跟之前說過的小惡魔舉動一樣啦！重點在於做些只能對喜歡的人做的事情！只是這次不要掩飾表情！要渾身散發好感光環！懂了嗎！」

「懂了！……可是學姊，可以問最後一個問題嗎？」

「嗯？」

「萬一對方遲鈍到看不見若無其事的訊號，那該怎麼辦？」

「那就——……」

亞霜學姊很有美式風格地舉起雙手，聳聳肩。

「只能衣服脫了，把他推倒嘍。」

伊理戶水斗◆壓抑是飛躍的搖籃

——我絕對……不會讓你逃走。

結女那樣發出聲明之後，過了一天。

蘊藏在那雙眼睛裡的決心，從那聲音透露的意志，一切都鮮明強烈，至今仍烙印在我的眼底。可是後來回到家裡便再也沒有進一步舉動，今天她上午就去學校處理學生會事務了，我像是上不上，下不下地被晾在一旁。

我在這種狀況下，今天一樣來到伊佐奈的房間。

「我又畫好了，請幫我看看！」

她用這句話把我叫去她家。其實只是要看插畫的話用手機也能看，但伊佐奈似乎喜歡當面看到我的反應。

「不過話說回來，畫得真快啊。從上次那幅畫完成到現在，差不多才兩天吧？」

「嘿嘿——考試結束心情一暢快，就忍不住……一口氣畫了三張。」

「三張！」

也就是說一天畫了一幅半？未免衝過頭了吧。而且還說全部都是彩圖。這種事實際上有可能辦到嗎？

總之我先盤腿坐在東西亂擺的地板上，看了看她給我的平板電腦。

第一幅是女生早晨梳洗的插畫。畫中人一邊綁頭髮一邊轉頭往這邊望來。伊佐奈可能是因為拿自己當參考資料而常把女生畫成巨乳，但這個女生罕見地胸圍比較沒那麼傲人。是貓

或什麼的視角嗎？角度非常低，從短褲的褲口可以窺見一點內褲。

第二幅描繪了正在換衣服的水手服女孩。下半身已經換穿學生運動服的短褲，上半身的女生襯衫則是拉高到脖子位置。描繪得精緻細膩的白色胸罩暴露無遺。

第三幅插畫是穿內褲的女生趴在床上，正在滑手機。看制服脫下來丟了滿地，應該是衣服換到一半就懶了。胸罩與內褲還是一樣，筆觸細緻到令人驚嘆。只看這個部分的話堪稱職業級。

「怎麼樣——？都很可愛吧。」

伊佐奈笑瞇瞇地問我，我點了個頭。

「是啊。可以清楚看出妳在考試期間性慾高漲到什麼程度。」

「哈嗚啊！」

伊佐奈做出「你怎麼知道的」的反應，臉都紅了。

我半睜著眼看著她說：

「一開始還比較客氣，只有內褲走光，然後就越來越失去自制力了吧。」

「不、不是啊～……好不容易畫好了，捨不得用衣服遮起來嘛……」

伊佐奈在畫人物時，都會先畫裸體，然後是內衣褲，最後再讓她們穿上衣服。

這樣做沒什麼奇怪的，甚至可以說是最基本的人體畫法，問題是伊佐奈偶爾會把不公開的全裸狀態畫得異樣精細。畢竟自己就是女生，所以畫得有夠寫實，而且還喜歡拿給我看尋開心，真的很惡劣。

看來這次她畫成穿內衣褲的狀態，已經算是有在自我克制了……如果把這幅畫用繪圖App打開消除「內衣褲」的圖層，大概立刻就會變成既沒打馬賽克也沒貼海苔的違法插畫吧……

「……好吧，畢竟慶光院叔叔也說過，能用作品盡情表現性衝動是一種才華。還有，妳怎麼好像忽然變得很會畫內衣褲？」

「我瞪著自己的內衣褲畫出來的！細部花紋已經儲存成筆刷了，所以第三張畫得很快喔～」

……還妳自己的咧。

我看看第二幅畫中華麗花朵圖案的胸罩。

所以妳有在穿這種的？現在問這或許太遲了，但這傢伙都不會害羞嗎？

「我個人希望你注意一下內褲的皺褶！像第三張的屁股部位，我還實際擺出相同姿勢努力拍照——」

「好了好了可以了！我知道妳現在很會畫內衣褲了！」

感覺她是只要一沉迷其中，羞恥心就會飛到九霄雲外的類型。仔細想想，這傢伙也許打

從一開始就很有創作者天性。

不過好吧，先撇開做同樣打扮的伊佐奈浮現眼前的問題，這第三幅內衣褲女生的圖畫倒是有種獨特的風味。

「這幅畫雖然只穿內衣褲，卻不會顯得很情色呢。」

「咦？是嗎？」

「應該說呈現的是生活感，而不是色不色的問題嗎……感覺比較像是『女生』的插畫而不是『美少女角色』。或者可以說呈現真實的一面嗎……」

「那當然嘍，我實際上放學回家就是這種感覺呀。都是脫掉制服亂丟之後就穿著內衣褲耍廢。」

「拿自己當模特兒啊。」

「不過我的話內衣褲顏色不一定會統一。但我比較喜歡女生顏色上下統一，所以就這樣畫了！可是上下不統一也滿寫實的……真難抉擇……」

能拿自己當模特兒，是女性作家的一大優勢。從這點來想，伊佐奈雖然有顆宅男心，但同時也是女生，在繪製美少女插畫方面或許可說具備了最強大的資質。

「那妳男生畫得來嗎？到目前為止都是美少女的插畫耶。」

「咦？我不畫男生的喔。」

不是畫不來，而是不畫啊。

「因為我從來沒迷過帥哥很多的那種作品……假如要畫，總得要有個範本才行。」

「什麼範本……」

伊佐奈一邊賊笑一邊指著我。

「想要深入了解人體構造的話，裸體素描是一定要的。」

「妳作夢！再說我這種沒料的身材當模特兒有什麼好畫的？」

「就是這樣才棒啊。可以避免主角明明是普通高中生，卻不知為何是個極致精悍型肌肉男的狀況。」

「精悍肌肉又不會怎樣……就跟女角毫無理由地都很苗條一樣啊。」

「有什麼關係嘛！況且我還沒跟你要遵守截稿日的獎勵呢！」

唔……對喔，是有這樣約定……

「我會找機會徵求結女同學的許可，到時候就拜託你嘍！」

「為什麼我自己的身體所有權好像變成屬於她的……」

「不然乾脆請結女同學到現場監督好了？……啊，可能還是不行喔。聽說裸體模特兒是不可以有反應的。」

「什麼反應啊？話給我說清楚，妳這女色魔。」

「那當然是……唔嘿嘿。你願意讓我看的話，我當然是求之不得……」

「好嗯……」

要是我們性別顛倒過來，妳這樣出言性騷擾絕對丟掉飯碗。

更何況我都跟前女友同住八個月以上了，哪有可能那麼容易就出醜啊？真把我看扁了。

伊理戶水斗◆警訊

傍晚回到家裡，就看到穿著制服的結女坐在客廳的暖桌旁。

「你回來了。」

「……我回來了。」

她一派自然地跟我打招呼。但昨天那樣是什麼意思？

結女那時候說，她不會主動開口。而她的意思再明確不過了。從什麼時候開始的？答案只要回想一下便不言自明，就是回鄉下一起看煙火的時候——

她現在卻好像什麼都沒發生過似的窩在暖桌裡取暖。我完全無法掌握結女此時的心態。

「怎麼還穿著制服？」

我試探性地問道。結女邊拿起橘子邊說：

「房間太冷了。本來只想待到空調夠暖……結果一坐下就捨不得離開了。」

「真不像是優等生會說的話。」

「我有時候也會懶得換衣服呀。」

懶得換衣服……

我忍不住回想起剛才看到的，那幅只穿內衣褲的女生的插畫。

「你要不要一起坐？」

結女說著，輕輕掀起了蓋住自己雙腿的被子。裙子底下伸出的雙腿沒穿平常那件褲襪，微露一點雪白的大腿。我找了一下，看到褲襪被脫下亂丟在背後的沙發上。

「……不用了。」

平常明明那麼注重儀容，今天怎麼一反常態地缺乏防備……

「反正我不用換衣服。」

「你的確沒有居家服的概念呢。」

「去伊佐奈家本來就沒什麼好打扮的吧。她一懶散起來可以只穿一件襯衫耶。」

「我在自己房間裡有時候也會那樣穿喔。」

……騙我的吧？這傢伙會穿得像伊佐奈那樣……？

結女意有所指地輕聲笑了一下。

「你要來看嗎？」

「……我要是真的去看，妳豈不是又要發火？」

我以為這樣算是反擊，但結女笑容依舊。

「我沒關係啊，如果是你。」

——這是陷阱。

我不知道是怎麼回事，總之絕對是陷阱。

「……不要像上次那樣在暖桌裡睡著喔。」

我選擇了戰略性撤退。

我走出客廳，上樓前往自己的房間。

那傢伙，怎麼會是那種反應？

感覺不到退縮，沒在踩煞車。彷彿已經遠遠拋開了自我意識。

這就是她昨天說的「不會讓你逃走」的意思嗎？

……不，冷靜點。反正一定又是平常那一套。這種狀況在這八個月內，都不知道發生多少次了——結果都只是假裝勾引。我比任何人都清楚，這傢伙才沒那個毅力與技巧誘惑得了我。

可是——為什麼？

我的胸口，為什麼如此騷動不安——

伊理戶水斗◆先發制人

吃過晚飯後，我在房間用電腦檢查伊佐奈的Twitter帳戶。我已經上傳了三幅當中的第一幅——早晨梳洗的女生插畫，發現點閱數是至今上升最快的一次。特別是按讚數……已經超過100了。追蹤者也有明顯增加。

情色果然很強大……當然這也有助於提升伊佐奈的動力。只是如果要認真往這方面發展，以年齡來說還得再等兩年才行。

照這速度來看，上傳第三幅的時候可能已經擁有大量追蹤者了。對於這些增加的人數，該採取什麼樣的宣傳方式……？要感性，還是情色？情色比較符合大眾需求，但我覺得與本人的個性相反，其實伊佐奈在畫感性插畫的時候最能發揮審美觀——需求與資質，真是難以取捨的問題。

正在思索之際，手機有人來電。

誰啊，伊佐奈嗎？

拿起來一看，是結女。

……嗯？那傢伙現在，不是正在洗澡嗎……？

「喂，是妳啊。」

『怎麼這麼慢？』

聲音有回音。

這傢伙幹嘛從浴室打手機給我？

「妳要幹嘛？」

『潤絲精用完了……可以幫我拿一瓶新的嗎？』

「為什麼要叫我？由仁阿姨也在家啊，請她幫忙就——」

『來就對了！』

說完，結女就單方面把電話掛了。

她什麼意思啊……再打回去拒絕更麻煩，就拿去給她吧。

我下到一樓，在更衣室的櫃子裡找到了結女使用的潤絲精。要保養她那長而無用的頭髮似乎需要很大用量，櫃子裡儲備了一大堆，所以我之前就看過東西擺在這裡。

我把它放在浴室毛玻璃門的前面。

「放在這裡喔——」

我對著浴室講一聲，正準備早早退場時……

喀啦一聲，浴室的門拉開了。

只開了大約十公分的小縫。

然後，結女從這條門縫露出了臉來。

濡濕的頭髮，黏在滴水的肩膀上。肩膀以下部位藏在門後方，隔著毛玻璃只能看見身體的曲線輪廓。

結女抬頭看著不禁張口結舌的我，說道：

「謝謝。」

她從門縫伸出濕漉漉的手拿走潤絲精的瓶子，浴室門隨即啪的一聲關上。結女的剪影逐漸走遠，輪廓淡去，接著是一陣淋浴的水聲。

心臟撲通撲通地狂跳。

事情來得太過突然，搞不好比她趁我洗澡時擅闖的那次，還要讓我難以抑制內心的悸動。

伊理戶水斗◆攻擊

『小心————！這是敵人的替身攻擊————！』

在伊佐奈推薦的動畫裡，男子用緊張萬分的表情大聲吼叫。

沒錯，這就是攻擊。

不明不白，沒有定論。從頭到尾都在不經意間，用無法讓人一口咬定的方式，使我遭受攻擊。

真會耍小聰明。

置身於這種與前女友同住一個屋簷下的異常環境，妳以為我的理性生活是過假的嗎？現在才來使出一兩招挑逗性動作，並不能夠動搖我的心智分毫。所以我難得自己點開什麼動畫來看，絕不是因為翻開小說看了半天都看不進去。

我——無法讓結女過得幸福。

不只是結女。我認為自己根本就不適合談戀愛。

念國中的時候還好。

可以適度地不懂事，適度地不成熟，沒有那麼多心事來妨礙我陷入熱戀。

可是，現在的我，已經知道有其他事情比戀愛更有樂趣。

而我明確地有所自覺，知道自己屬於能為此輕易拋開其他感情的人種。

至少，如果我們不是繼兄弟姊妹——就不用去考慮將來人生這種對高中生而言太過沉重的負擔了。

但是，現實當中我們就是一家人。

我也無意因為喜歡她，就不再當一家人。

這同時代表了我遲早有一天會跟老爸他們坦承我們的關係，而且基於這個原因，我們無法像普通的高中生那樣說分手就分手。甚至不能像形同陌路的夫妻那樣選擇離婚。

因為我們的關係，無可避免地會波及到老爸以及由仁阿姨。

我如果想跟她復合，需要極大的決心。

需要比教堂的誓言更堅定，賭上比求婚更多的事物，決定相伴一生的不動意志。

考慮到這些……我還不夠信任自己。

不敢把伊理戶結女，託付給伊理戶水斗——

「——你還沒睡？」

有人來敲門，使我從沉思返回現實。

我關掉早就已經播到下一集的動畫，轉過頭去。

「還沒……怎麼了？」

「我可以進去嗎？」

「不，說好晚上——」

「我進來了。」

講了半天，結女還是擅自開了門。

她這身睡衣打扮我現在已經看習慣了。不用說也知道，她沒像傍晚說的那樣走伊佐奈風格。

結女走進房間，伸手到背後啪答一聲關上門。我繼續坐在椅子上對她投以警覺的目光。

「……不是規定晚上不到對方的房間嗎？」

「別擔心，我有跟媽媽說一聲。」

啪啦一聲，她拿出幾張紙給我看。

「我跟她說『我要去找水斗同學做期末考的複習』。她還說『家裡有同班同學真方便～』」

……也太缺乏戒心了吧……

雖然這或許表示她真的很信任我。

結女露出了甜美的優等生微笑。

「沒什麼不好吧？可以跟全年級榜首一起複習喔。」

「是是是，抱歉我只考到第二名。」

一方面也因為有幫伊佐奈溫習，我以為自己這次還挺用功的，結果又一次屈居第二。

雖說我已經不怎麼有那個氣概去爭奪榜首寶座，但偶爾被她這樣拿來壓我還是會有點火大。

「我國語科目有一題寫錯，你這次國語相關拿滿分對吧？教教我嘛。」

「不是全年級榜首大小姐要來教我嗎……」

我雖然懷疑她另有企圖，無奈想不到什麼冠冕堂皇的理由可以穩當地把她攆走。

「真拿妳沒轍。」

「好耶。」

結女小聲地歡呼，輕快地繞過一座座書塔，一屁股坐到懶骨頭沙發上。就是我生日時收到的那個。

然後，她把身體挪到懶骨頭的邊緣，拍拍空出的位置。

「來，快點。」

「……要我跟妳坐？」

「你如果能立刻拿出考卷，你就坐在那裡教我也行呀。」

…………好吧，的確是不知道丟哪裡去了。

「那我到妳背後看就好啦。」

話雖如此，說不準現在的結女會怎樣對付我。

我從椅子上站起來，想繞到結女整個人陷進去的懶骨頭大沙發後面。

豈料……

「嘿。」

「嗚啊？」

我才一靠近，就被她抓住手用力一拉，倒在懶骨頭沙發上。

我勉強躲開，沒摔在結女身上，但整個人坐進了空出的位置。結女伸手過來攬住我的肩膀，神氣活現地微笑了。

「弱不禁風的。」

「……要妳管。」

看來是沒打算放我走。

我死了心，把被她拉住的手臂收回來，想坐正一點。

這時，我真的不是有意的，但彎曲的手肘不慎陷進了結女軟綿綿的胸部。

「…………！」

碰到的觸感，讓我渾身僵硬。

這傢伙……怎麼好像沒穿內衣……？

因為穿睡衣嗎？不對，伊佐奈說過晚上也有夜用內衣。又不是伊佐奈，我以為她在這方面應該會更一絲不苟……

「你看，就是這題……」

結女彷彿既沒察覺到我的驚愕，也沒注意到我的手肘碰到了胸部，一邊湊過來跟我肩膀貼肩膀，一邊把考卷拿給我看。

我擠出意志力，把注意力全擺在考題上。

「我這篇白話文翻譯，哪裡寫錯了？」

「古文啊……我想應該是——」

連我都佩服自己的大腦與舌頭還能運作。

思維明明一直被視野邊緣忽隱忽現的酥胸打擾。

結女今天的睡衣，衣領有點寬鬆。這導致從我的視角，可以清楚窺見藏在睡衣裡的胸溝。

平常是被伊佐奈太過雄偉的胸圍搶走風采，但結女其實以一般標準來說也算豐滿。真的跟以前交往的時候完全不能比，可謂第二性徵的不解之謎。

根據去買泳裝時獲得的情報，記得胸圍應該是C或D罩杯——不，好像是說那樣還有點小。那也就是D……不，是E罩杯……？

而她現在傾斜著身子，讓胸部有點滑向旁邊，沒被內衣勒住就自己形成了深谷，即使是我也無法完全坐懷不亂。

——不然乾脆請結女同學到現場監督好了？……啊，可能還是不行喔。聽說裸體模特兒是不可以有反應的。

不會，我才不會那樣。絕對不會。

該死……我明明平常都在跟比這更大的傢伙一起鬼混，為什麼一換成結女就得被弄得這樣心猿意馬的……

「原來是要這樣翻譯啊……你為什麼這麼容易就想得到？」

「古文就只是古時候的日文啊。不覺得可以看懂八成嗎？」

「就是因為看不懂才會變成考題呀。」

結女半睜著眼注視我。

「那好，再來換你了。你哪些科目答錯了？數學還是其他的？」

「啊——……對喔，好像有一題不管怎麼重算答案都很奇怪……」

「呵呵，數學考試真的常常這樣。像是分母變成很誇張的數字之類。」

結女說：「你是說哪一題？」把數學考卷拿給我看。

她這時候身體湊過來，胸部又差點碰到我的手臂。

我把身體稍稍往後仰躲開她，「這題。」指著我提到的問題。

「啊——這一題是這樣——」

結女沒把湊過來的身體挪回原位。

我只得維持著後仰的姿勢聽結女解析試題。

「——就是這樣。聽懂了嗎？」

呼出的氣息逗弄著我的脖子。

我努力承受，勉強保持平靜回答：

「懂了……」

「嗯……彼此答錯的題目都很少，沒多少東西可以複習呢。」

結女總算恢復到原本的姿勢，翻閱一張張的考卷。

就在我鬆了一口氣的那一瞬間……

結女眼睛轉過來，偷瞧了我的臉一眼。

我反射性地心想：糟了。

至今好不容易才維持住撲克臉，卻在剛剛那一瞬間鬆懈了——而那一瞬間，被她看得清清楚楚。

結女的嘴角，不懷好意地上揚。

「那就……好吧——」

忽然間。

結女將嘴唇，湊向我的耳畔。

「（——今天姑且先放過你。）」

彷彿對著耳朵吐氣的呢喃聲，造成一股甜蜜的麻痺感竄過腦髓。

結女像是把它當成了臨別小禮物，「嘿咻」一聲從懶骨頭站起來，說：

「那就……」

她讓視線與坐著的我齊平，稍微彎腰。

「晚安♥」

那種姿勢，就像是故意把鬆垮衣領裡的部位露給我看。

看起來毫無防備的胸口，同時卻也是一把鋒利的武器。

結女步履輕盈，快步離開了我的房間。

在場只剩下無法從懶骨頭沙發站起來的我，以及結女坐過留下的體溫。

——我被攻擊了。

錯不了，我正在遭受攻擊。

伊理戶結女◆獨占邪念

穿上晚安內衣後，我深深地嘆了一口氣。

我整個人撲倒在床上，把臉埋進枕頭裡。

「呼啊啊～……」

……羞死人了啦～～～～！

光是穿睡衣不穿胸罩跑去水斗面前就已經不是小事了，還貼那麼緊！每次胸部碰到他，我都覺得整張臉快噴火了！幸好有先練習展現胸口但不會全部看光的角度～！

最棒的是現在是冬天。多虧睡衣是質料較厚的冬季款，即使沒穿胸罩，就是……頂端也不會激凸。

要是讓他看那麼多，我的羞恥心會撐不住……唉——大概就是因為還有這種想法，做事才會畏首畏尾的吧。以前鼓勵東頭同學的時候，曉月同學好像說過追男生時要變得不要臉還

是什麼的。

就慢慢突破羞恥心的極限吧。

要變得不要臉。

在水斗面前，就不要再當清純的優等生了。我要變成一隻母狗。在攻陷看上的公狗之前，我不會停止求愛行動。

應該有發揮效果吧。怎麼想都應該有。

只要繼續維持下去，那張故作清高的臉遲早會變得充滿邪念。

搞不好他現在就正在反覆回味我的胸口、觸感或說過的話。

「……呵呵。」

在除夕夜敲鐘之前，還有半個月的時間——趁著還沒被淨化，我要讓你的一百零八個煩惱全部變成我。

伊理戶水斗◆抱歉打擾

我必須鍛鍊出堅強的精神力。

這次的結女已經不同於以往，沒在踩男女嬉鬧時該有的煞車。我一感覺出這點，為了撐過這場猛攻而立刻動身前往亞馬遜祕境——更正，是川波他家。

理由之一，是因為我跟現在的結女一天二十四小時待在同一個家裡會把持不住。

另一個理由是，我想獲得強化自身精神力的竅門。

川波小暮在我認識的人當中，是立場跟我最像的一個。況且就跟女生近距離生活的經歷而論，顯然是這傢伙比我老到——於是我覺得，也許能夠從他的生活當中獲得某些啟發。

就這樣我來到了川波家，沒想到竟親眼目擊超乎想像的光景。

「哦？這不是伊理戶同學嗎～」

在川波家大門口迎接我的，竟然是南曉月。

看到南同學穿著極為輕便的連帽衫與短褲，我不由得確認了一下門牌號碼。

「……這裡是川波家，沒錯吧……？」

「沒錯啊。」

南同學呆呆地偏頭，川波從她背後急急忙忙地跑來。

「喂！妳幹嘛擅自去應門啊！」

「你在廁所我就幫你應門了啊，平常不就是這樣？」

「不是跟妳說了伊理戶要來，叫妳先回家嗎！」

「我放假愛待在哪裡是我的事啊。」
「是妳的事才怪這裡又不是妳家！」
穿著居家服鬥嘴的兩個人，活像是一對同居情侶。
不，與其說活像是——不如說根本就是。
雖然早就感覺到他們的關係正在不為人知地慢慢改善，但沒想到才一陣子沒關心，就已經發展到這種地步了……
「好啦好啦，總之伊理戶同學你先進來坐吧。只是零嘴正好吃完了，沒東西可以招待就是。」
「還不都是妳整天吃個沒完。小心變肥啊。」
「很遺憾！本姑娘基礎代謝高得很哩！」
「……總之，打擾了。」
說不定這是我這輩子說過最有誠意的一句「打擾了」。
從大門口移動到客廳後，南同學拿起放在桌上的遊戲機，直接倒到沙發上。完全是當成在自己家裡發懶。應該說就連真的是待在自己家裡的結女，都不會發懶到這種地步。
「……難道說，南同學三天兩頭就這樣往你家裡跑？」
「放假沒出去玩的話都會過來。這傢伙懶得給自己煮飯，每次都來跟我要飯。」

「我也有做給你吃啊，雖然只是偶爾——」

「離譜到一個程度還會說懶得回家就在這裡過夜。到鄰居家過夜是哪招啊？」

豈止半同居，搞半天九成等於是同居了。

而且還說彼此的爸媽都時常不在家，所以實質等於兩人生活。

我稍微放低音量，對川波說：

「（……這樣不會沒有喘息的空間嗎？）」

「（……會有才怪。）」

正在偷偷交頭接耳時，南同學一邊打電動一邊說：

「川波～不會請客人喝茶喔？冰箱裡還有～」

「不用妳來提醒我啦……伊理戶，你先去我房間。」

川波留下這句話後往廚房走去。我回答：「好。」前往不知道是第幾次造訪的川波房間。

就在我啪答一聲關上房門的時候……

我聽到客廳在我離開後傳來聲音：

「……沒有喘息的空間呀？」

「嗄？妳……聽見了——」

「像怎樣?怎樣沒有喘息的空間?像這樣?」

「喂，笨蛋!茶要灑出來了——!」

我被好奇心驅使著把門打開一小條縫，看見南同學在廚房抱住川波，掛在他的脖子上。

……打擾二位了。

我再次發自內心作如此想。

伊理戶水斗◆男生的壓抑方式

「我發現自己最近跟男生一起混會比較安心。」

川波把倒在杯子裡的茶喝光，這麼說了。

「別人聽了一定會說我是人在福中不知福，可是整天被女生糾纏其實也是會精神疲勞的。你應該也是吧?」

「你不是比較想看到我被結女糾纏嗎?」

「不是啦，我是說東頭。」

「喔，她啊……一開始是會累沒錯，但已經快習慣了。」

「你真厲害……是去廟裡修行過嗎？」

要是有去，現在也不會這麼困擾了吧。

「實際上，還是你的環境比我特殊吧。我與結女有爸媽盯著，所以會遵守基本規範，跟伊佐奈也只會在學校或大馬路上碰面。」

最近頻繁進出東頭家的事就別告訴他了。

「就這點來說，你們是在家中，而且沒有爸媽盯著吧？以我的理解，你們能在這種狀態下正常過日子才叫不可思議。」

假如正在交往，這種關係倒反而稱得上健康了。但是從兩人的言詞聽起來，看樣子是沒在交往。

這麼一來，就得壓抑住動輒受到刺激的本能——

「……訣竅就是，絕不主動出手。」

川波態度老實地說了。

「只要縱容自己一次就會開始放縱自我，那不就如了對方的意了？」

「……經驗談嗎？」

我稍稍壓低音量一問，川波搔搔鼻子裝糊塗。

看來他有過放縱自我的時期。

我望著通往客廳的房門，說：

「但是以你的場合，我覺得復合也沒什麼不好吧。對於以前做過的事，南同學不是也有在反省了嗎？」

「是沒錯。但沒那麼容易啦。」

川波艱難地說，態度嚴肅地看著我。

「伊理戶，你知道嗎？世界上好像有種男人，會忽然跟好幾個月前分手的前女友聯絡。你猜是為什麼？」

「也許是跟現任女友分了？」

「對，說穿了就是性慾百分百。我死都不要變成那種男人。」

「……深有同感。」

初次交往的時候很單純，喜不喜歡是唯一的重點。

可是分手後復合就複雜了。必須思考如何去面對雙方以前做出的分手決定。

不然會變得跟沒有配偶就會毛躁不安的猴子一樣。

川波忽然咧嘴露出下流的笑臉。

「哎，有這種慾望就得找個健康的管道發洩，對吧？」

「……這種事別找我聊。」

「就知道你不愛聽這種話題。」

「把這種事直接講出口才奇怪吧。」

川波托著臉頰說：

「就實際問題來說，家裡有個不是交往對象的女生，不會有很多難處理的問題嗎？」

「結女不會過問那些。但我看南同學應該很會挖。」

「挖得可凶了……電腦的密碼都不知被破解幾次了……」

哪裡來的駭客啊？南同學究竟是何方神聖？

「真要說的話，你未滿十八歲怎麼就有那種圖片？」

「我可沒有謊報年齡喔。只不過是有些樂於助人的傢伙，會在ＬＩＮＥ或Discord上熱心傳教罷了。」

川波一臉得意地說。也許這正是高中男生的本色吧。照理來講我也是同一個族群，不知為何卻覺得那個世界離我很遙遠。或許是因為以我來說，熱心進行傳教活動的是女生吧……

「對了，我好像還沒跟你聊過這種話題喔。」

川波說了聲「好」，又咧嘴笑了起來。

「趁這個機會，我也來試著傳個教吧！」

川波不等我阻止就站起來，走向電腦桌。他從桌上置物架拿出字典，從書頁中連連抽出折成小小一塊的紙張。

「這是什麼？」

「從雜誌上剪下來影印的圖片。」

他把折起來的紙拿到茶几上攤開，只見紙上是火辣泳裝寫真偶像的大特寫。

「策略就是讓對方把注意力放在手機或電腦上，其實是特別用紙張保存。雖然都說A書已經過時了，但不管是玩電動還是什麼，主流戰術總是在輪流更替啦。」

「真是毫無意義的攻防……」

「這些是從一般漫畫雜誌剪下來的，已經算健康的了。更猛的被我藏在更難找到的地方。」

川波露出大膽的笑容說：「這我就不便跟你透露了。」還以為自己很帥咧。

「所以呢？你喜歡哪一型？我猜是這種女生吧？」

川波說著，拿了一張黑色長髮的寫真偶像圖片給我看。偶像穿著白色泳裝，擺出擠胸姿勢。

「跟伊理戶同學一樣都是清純型吧？」

川波不懷好意地笑著講，但我完全不感興趣。

結女比這可愛多了。

比都不用比。

「反應好差啊……不過也是啦，比起隨便一個寫真偶像，東頭那傢伙的身材要厲害多了。這點刺激你看了連食指也不會動一下吧？」

「我也沒在用那種眼光看伊佐奈啦。」

「我敬佩你的紳士精神，但性慾是要馴養的，不能一味壓抑。我覺得勉強自己忽視它，後果反而不堪設想喔。」

……我是不覺得我有在勉強自己啦。

「好吧……那麼，二次元怎麼樣？比方說情色類的異世界漫畫——」

可能是很高興能跟我聊黃色話題吧，川波喜孜孜地拿出他的藏書獻寶。

他連續不斷地拿出巧妙避開年齡限制的色情內容推薦給我，刺探我的反應。對於這所有的推薦內容，我貫徹不理不睬的態度。可能是因為這樣，川波推薦得也越來越激動，逐漸從R15推進到R18的領域。

「你看！這個裡帳號女子！這是我找到的帳號當中最強大的美巨乳——」

「唔哇——胸部超大的！」

大概他是太激動了。

我也太固執於不理不睬了。

所以我們倆，都沒發現有人不知不覺間逼近我們的背後。

看到無聲無息地入侵房間的南同學，川波的臉色頓時變得鐵青。

「南……南妳……」

「今天想來點巨乳啊？」

南同學笑容可掬地說完，無人阻擋地迅速依偎到川波身上。

「我是不在乎啦。可是，上次我給你的圖片到哪去了？」

「……給你的圖片……？」

難道是南同學的……自拍……？

「不、不是你想的那種猥褻的東西！不，的確是很猥褻沒錯，但不是她啦！不是她！喂，妳不要這樣講話引人誤會好嗎！」

「唔嘻嘻。」南同學笑得很開心。什麼嘛，嚇我一跳……

「伊理戶同學，勸你還是別浪費精神找東西代替結女了啦。」

南同學用手臂纏住川波的脖子不讓他跑掉，轉過來看我。

「因為啊，現實中的結女比寫真偶像或漫畫可愛性感多了！」

……這我再清楚不過了。

「不是都說送到嘴邊的肉不吃是男人的恥辱嗎？對吧，川波？」

「在地獄看到滿漢全席，正常人都沒那膽子去碰啦！」

「嗯——？地獄？應該是天堂才對吧——？看我咬你。」

「嗯哇啊啊啊！」

耳朵尖端被她輕咬幾口，川波痛苦掙扎著往旁倒下。

南同學邊跨坐到他的肚子上壓制他邊說：

「哎，伊理戶同學啊，看你的臉色就知道結女一定是對你做了什麼，但你要認真面對才行喔。你也知道她不是能亂搞曖昧的類型吧？」

我知道。所以才棘手。

南同學轉過來看我，露出魄力十足的笑容。

「你如果敢傷害結女——我是不會放過你的喔！這你一定要記清楚了！」

「……我會銘記在心。」

我回答後，南同學把茶几上的川波藏書全部集中起來，開始說出「你來做個H圖最強排名吧——」這種嚇人的話。

……我還是準備告退吧。看來是真的打擾到小倆口了。

我站起來走向房門口，伸手握住門把時，轉過頭來說：

「南同學，告訴妳一件事當作忠告的謝禮。」

「嗯——？」

「妳把文意解讀錯了。他是把妳比做滿漢全席，不是地獄。」

話一出口的瞬間，川波的臉紅了。

「……哦——？」

南同學翹起嘴角，低頭看著川波的臉。

「在你眼裡……我是大餐啊？」

「不！不是，那只是講得比較誇張——」

「川波，我走了。」

「喂，伊理戶！你別走啊啊啊啊啊啊！」

我一邊祝兩人幸福，一邊從川波家告辭。

伊理戶水斗◆野獸只是雌伏以待

在日落之前還有點時間，我決定順道去一下伊佐奈家。

伊佐奈屬於一專心就會忘記吃飯睡覺的類型。她在期末考成功避開了滿江紅，所以不用補課，現在應該正在埋頭作畫——如果正好家人又不在家，也許她會忘記吃午飯。這樣的話就得由我來幫她弄吃的。

我用手機先通知一聲，她回覆「我先把門打開，你自己進來吧～」雖然有點太不小心，反正我很快就到了，應該不會怎樣。

走進可說已經十分熟悉的東頭家大門，在走廊上不用走多久就會來到伊佐奈的房間，我敲敲房門。

「伊佐奈，我進來了。」

有鑑於上次的意外事故，這次我先說一聲再開門。

伊佐奈果然如我所料，正坐在書桌前駝著背，像是要把頭埋進去似的盯著平板電腦。

她那專心一意地動筆的模樣讓我感到有點神聖，不敢去打擾。但是就算等到天黑伊佐奈也不會自己抬頭，於是我客氣地出聲叫她：

「吃過午飯了嗎？」

「嗯——還沒有。」

我就知道。都已經傍晚了。

客廳那邊沒有聲音，凪虎阿姨大概也不在家吧。我之前已經得到使用廚房的許可，就幫她簡單做點吃的好了。

我心裡這麼想，正要走出房間時，有件事忽然讓我在意起來。

……伊佐奈的頭髮，好像有點塌。

我悄悄靠近伊佐奈的背後，用指尖捻起了幾根頭髮。這是……

「妳……有洗澡嗎？」

「嗯咦？」

伊佐奈猛地抬起頭來，好像這才想起來似的輕輕抓了抓頭皮。

「對耶，昨天沒洗。」

「……妳去沖個澡吧。我先幫妳煮飯。」

「嗄～？」

她才剛不服氣地說完，肚子就咕嚕嚕嚕地叫了。

伊佐奈低頭看著自己的肚子，說：

「……真沒辦法，那就休息一下吧～」

伊佐奈用力伸展了一下背脊，才終於站起來。

我們倆一起走出房間，我看著伊佐奈進浴室之後，再走進客餐廳。

打開廚房的冰箱，應該是剩下的吧，正好有一人份的白飯。我看還有雞蛋跟蔥，就做炒飯好了。

平底鍋熱油，把蛋跟蔥炒熟，再把飯倒進去同炒。然後用醬油啊胡椒鹽什麼的簡單調味就完成了。

「……水斗同學～……」

正在把簡易版炒飯盛盤時，就聽見浴室那邊傳來了叫聲。

「水斗同學～……麻煩你來一下～……」

是怎麼了？我過去一看，伊佐奈從浴室前面的盥洗更衣室門口只把臉露了出來。

「幹嘛？怎麼了？」

「我忘了拿要換的衣服了……」

……對耶，這傢伙剛才兩手空空就進了浴室。

「我平常都是在房間裡換衣服，一不小心就忘了……」

那也就是說，這傢伙現在是脫光了嗎？我最多只看得到臉跟肩膀……

這讓我想起上次的結女，我立刻中斷思考。

「知道了知道了，去幫妳拿就是了吧。」

「拜託你了……」

我的視線無意間從伊佐奈歉疚的臉往上方一看，整個人當場僵住。

盥洗更衣室的最裡面，有洗臉台。

既然有洗臉台，當然就有鏡子。

那面鏡子——映照出一個裸女的背影。

剛沖過澡而有點泛紅的肉感背部、臀部、大腿——

「水斗同學？」

「……啊，喔，我馬上就去拿。」

我急忙調離目光，前往伊佐奈的房間。

可惡，這傢伙實在是太粗心了。哪一天我得好好教教她才行。

我從伊佐奈的房間衣櫃隨便選了一套居家服。平常的話我可能會連內褲一起拿，但以我現在的心情來說有點危險。

從盥洗更衣室打開的一條小門縫把衣服拿給她之後，我先到客廳。

當我把盛盤的炒飯端上餐桌時，身穿鬆垮垮冬季襯衫與短褲，頭髮濕透了的伊佐奈從走廊過來了。

「喔～好香喔。」

伊佐奈對著擺在餐桌上的炒飯一屁股坐下，說：「我要開動了。」拿起湯匙。看來是真的餓壞了，她忙不迭地把炒飯往嘴裡塞，於是我去冰箱拿了濾水壺過來。我倒杯水放到伊佐奈面前，她一口氣咕嘟咕嘟喝完。

「怎麼樣，還順利嗎？」

我坐到伊佐奈的對面，托著臉頰如此問她。

伊佐奈拿起濾水壺又倒了一杯水，說：

「我開始想要桌電了──」

「桌電？為什麼？」

「雖然用平板電腦也可以畫畫──但如果要用３Ｄ什麼的，好像還是要有功能更好的桌電比較好喔。況且畫面也比較大。」

「畫面啊。的確應該是滿大的……」

我有爸爸給我的舊筆電，但那點程度的性能大概跟平板電腦相差無幾吧。話雖如此，桌上型電腦──而且還要高性能的話，價錢不是高中生負擔得起的。

「打工……不行。這樣會減少畫畫的時間，就本末倒置了。雖然也許有一天妳可以用創作者平台的收費方案來獲得收入……」

「收費方案！聽起來好誘人喔……」

「真令我意外，妳對賺錢有興趣嗎？」

「收費方案可是現代的毛邊本喔！是只有跨越付費門檻才能一睹的世外桃源……充滿了夢想……」

什麼現代不現代，這傢伙根本不知道古代的毛邊本是啥吧？八成是又被網路上高齡族群說的話影響了。

「就這麼辦，水斗同學！然後公開那些全裸差分圖吧！」

「我最好是會准，妳這未成年。」

「抗議──抗議──」

也許將來可以考慮，但目前應該專注在伊佐奈本身的成長與增加粉絲人數上。營利的事情以後再說也不遲。

「３Ｄ是用來做什麼的？」

「基本上是背景。可以放幾個３Ｄ素材上去，設計構圖或是描邊。有些人好像連人物的輔助線圖都會用３Ｄ人偶來描。」

「原來如此……只要用了３Ｄ，骨架就絕對不會畫錯吧。」

「只是如果一開始就用好像會養成一些壞習慣，我是覺得練到一定程度後再用會比較好～到時候就不用自拍了！」

「妳都是拿自己代替素描人偶嘛。」

「想不到要畫什麼角色時，我還會拿自拍臨摹喔。」

「真有意思，感覺就像現代畫家。」

「唔嘿嘿，因為我幾乎從一開始就是電繪派……」

「妳臨摹都畫得怎樣？」

「咦？」

不知為何伊佐奈一臉驚愕。

「怎麼了？」

「呃……我、我應該把臨摹……拿給你看嗎？」

「？嗯，方便的話。」

只是出於個人好奇。

「嗚——……好吧，如果是水斗同學……」

是不是不好意思把不是正式作品的圖畫拿給人看？伊佐奈羞答答地拿出了手機，大概是在跟平板電腦共用資料吧。她在手機上點了幾下，盯著畫面看了半天，莫名其妙地開始臉紅。

「——洗、洗碗！我去洗碗喔！」

然後她忽然端起吃完炒飯的盤子，跑到廚房去了。

她是怎麼了？

我一邊詫異不解，一邊盯著她留在桌上的手機。畫面已經變暗，看不見原本顯示的東西。

就在這時——手機對某種東西起了反應。

我不知道它是對振動起了反應，或者是某種小故障。現在唯一能確定的是，伊佐奈的手機螢幕自動亮起，重新顯示了剛才畫面上的東西。

換言之——

就是幾乎全是肉色，身材看起來極為眼熟的女體繪畫。

臉部沒有畫五官。可是，對，川波也說過。伊佐奈那種身材，即使在寫真偶像當中也難得一見。無論是豐滿但形成漂亮球形的胸部、曲線分明的小蠻腰，還是蠱惑人心的翹臀——與東頭伊佐奈的距離比任何人都親近的我，自然很清楚這全都是以她為原型。

「————！」

所以我即刻伸手過去，把畫面關掉。

然後，我才終於想起來。

伊佐奈第一次拿平板電腦的插畫給我看時，就說過「不要亂看奇怪的檔案」。

「……我哪裡會想到妳在畫自己的裸體啊……」

我知道裸體素描很有幫助。雖然可以理解，但也不用保存起來吧——

一瞬間就烙印在眼底的素描，被剛才看見的伊佐奈本人的鏡中背影做了補完。正面與背面互相彌補死角，在我腦中描繪成3D人偶。

我沒有用那種眼光看伊佐奈。

雖然沒有，但是如果擺在眼前，就很難不往那方面想。

說不定在這小小的手機裡，不只是臨摹，還有真正的裸照——

「謝謝招待——很好吃——」

「……喔，嗯。」

我決定不再繼續想下去。

伊理戶水斗◆性慾

我立刻就知道，這是在作夢。

——……水斗同學。

床上躺著裸露肌膚的伊佐奈。她魅惑地搖晃著肉感的身體，表情像是在央求著什麼。我全身血液流動得異常快速，逐漸奪去我的正常思維。

我踏出一步，恍如被燈火引誘的飛蛾。明知會玩火自焚，卻無法阻止自己靠近。

我小心翼翼地伸手，觸碰彷彿準備奉獻給我般堅挺朝向天花板的酥胸。

——嗯……水斗……

霎時間，她變成了結女。

手指彷彿摸不到底般陷進結女的肉體。那種觸感，使我的慾望就此潰堤。我沉溺在接納我的溫柔鄉之中，緊擁那具肉體，上下撫摸，互相摩擦，逐漸融為一體——

——就在意識將要被慾望吞沒消失的前一刻，我醒了。

自己房間的天花板，模糊而朦朧。我恍神地仰望著它，漸漸地，一種不快的感受自胸口深處慢慢滲透內心。

感覺糟透了。

糟到讓我想怨恨自己生為一個男人。

「……啊，你醒了？」

也太不湊巧了。

以一種讓我想如此咒罵的時機，我聽見了那個聲音。

「媽媽說要煮午飯了，要我來叫你起床——」

結女的臉出現在天花板前面。

她還是一樣可愛，一樣漂亮，讓我想永遠看著這張臉。也許這世上不會有第二個人事

物，能讓我這麼想去疼惜了。可是——

我的視線，卻被這張臉底下的酥胸吸引過去。

「……知道了……」

我用手臂擋住眼睛，勉強啞著嗓子回答。

「才剛起床吃得下嗎？」

被一無所知的結女這樣問，我受到一種暴戾的心情所驅使。

「就說知道了……請妳出去。」

口氣粗魯無禮。

真受不了我自己。

我在被窩裡縮成一團，隔絕外界的一切事物。這樣做，就沒有人會知道我這份汙泥般的欲求。

——性慾是要馴養的，不能一味壓抑。

川波說過的話閃過腦海。

這大概就是一個人維持人性，所必備的條件吧。

結業式即將到來，今天就是本年度學生會最後一次活動了。

自從鼓起勇氣加入學生會以來過了大約兩個半月，每天充滿新奇與學習的日子終於告一段落，總覺得心裡很有感觸。

沒想到我加入學生會，做得還滿像樣的……

對於自己這種一年前想都無法想像的現況，我像是置身在輕飄飄的夢境中。

再來只要能攻陷水斗就更完美了——

「本會將於十二月二十五日，隆重舉辦耶誕節女生聚會。」

在今年學生會的活動回顧當中，紅會長如此宣布。

「地點在小生的家中。女性成員跟男生有任何計畫安排，請自行於耶誕夜處理完畢！」

耶誕夜——十二月二十四日。

這天在日本，同時也是屬於情侶們的節日。

我對耶誕節的最新回憶，必須要追溯到兩年前——水斗晚上偷偷來我家的那次。我從沒度過比那次更快樂的耶誕節。快樂到即使後來經歷了漫長的冷淡期，那段回憶依然美好燦爛。

但是今年，我要超越那個耶誕節。

禮物也已經想好了。我在這份禮物上，投注了我現在的所有心意。多到如果這樣還是不能讓他明白，那我也束手無策了。

我給自己立了一個誓約。

在今年之內攻陷水斗——辦不到的話，就自己主動表白。

可是，我覺得狀況似乎已經變了。假如不能在年內解決這件事，我或許再也抓不住水斗了。一旦到了明年，他可能就會走上別條路，一去不返。

我要抓住他。

絕對要抓住他。

絕對……不會讓他逃走。

——所以，就讓我今天也繼續強勢進攻吧！

住在同一個家裡儘管有諸多不便，但是學校放假也不怕見不到面無庸置疑地是一大優勢。即使是怕讓人看見的主動攻勢，只要好好算準時機就多得是機會。今天晚上我可要繼續保持衝勁，釋放出大量好感叫他接招……！

「我回來了——」

我在家門口這麼說，但沒人回應。客廳也沒開燈。

這個時間媽媽跟峰秋叔叔都還在上班，但水斗也出門了嗎？自從進入這個月以來，他出門的頻率似乎增加了。

我走到樓上，對著水斗的房間試著又說了一遍：「我回來了。」結果房門內傳出一句：

「妳回來了。」

他在家。

我把房門打開一條縫，看到他對著電腦在做事……會不會是跟東頭同學有關？

我先回到自己的房間，把制服換成居家服。今天我決定表現出毫無防備的感覺。我穿上寬鬆的襯衫搭配褲裙，走出房間。

然後我下到一樓，燒水泡了紅茶。接著用托盤端著茶壺，敲敲水斗的房門。

「我泡了茶，你要不要喝？」

當然，這只是冠冕堂皇的藉口。最大的目的是進入水斗的房間。

「嗯——……」

我把懶洋洋的回答當成同意，成功闖入目的地。

水斗沒轉頭看我，瞪著筆電陷入沉思。我無意打擾他。要是跑去煩他讓他對我失去耐性就本末倒置了。

我把托盤放到電腦旁邊，替兩人的茶杯倒了紅茶。然後我拿起自己的茶杯，一邊呼呼吹

涼一邊走開，輕鬆地在床沿坐下。

我小口喝著熱紅茶，注視著水斗的後腦杓。

我不會找話跟他聊，也不會去碰他。我今天的目的就只是待在這裡。

直截了當地說，便是扮演女朋友作戰。

只要我一副理所當然的態度待在這裡不走，水斗應該會慢慢開始感到在意。也就是說我們維持著一定界線生活到現在，會在這一刻發揮效用。如果我跟他維持著像東頭同學那種距離感生活，這點小花招就構成不了攻勢了。

我喝完杯裡的紅茶後，從床邊站起來，把茶杯放回托盤裡。然後若無其事地掃視書櫃，好像理所當然地從裡面抽出一本書。

我拿著這本書，整個人倒到床上。

選擇寬鬆襯衫與褲裙當作居家服也是為了這一刻。褲裙裙襬若隱若現的不設防感應該會讓男生很難忽視——網路上是這麼寫的。

我懶懶地躺在床上看書。

「…………」

「…………」

仔細想想，我可能從國中時就一直嚮往這種關係了。

雖然一天二十四小時摟摟抱抱也很甜蜜，但我同樣喜歡這種零壓力而幸福的靜謐時光。我之所以對水斗與東頭同學的關係反應過度，說不定就是因為他們倆常常像這樣一起消磨時光。

喜歡一個人喜歡到受不了——這種時期，持續不了多久。

我從經驗得知，人類是會習慣的生物。即使是意外獲得的幸福，時間一久還是會習以為常，日漸失去價值。

但我總覺得即使如此，人們或許仍然會追求永恆的事物。追求即使不再心跳加速，內心不再有悸動，也還是能長久感受到幸福的關係。

那是以前的我們，沒能建立的關係——

所以現在，我想盡可能讓水斗為我心潮澎湃。

不知不覺間，我發現我把膝蓋抬高了起來。水斗的位置在我的臀部那一邊。如果他現在轉過頭來，也許會從上掀到大腿的裙襬看見一點點臀部。

作為女生的基本修養，平常我會立刻端正姿勢……但我故意裝作沒注意到。

要看就看吧。只要這樣能抓住水斗的心——我願意讓他看個夠。

……唉，我變得好色喔。到底是誰害我變成這樣的？

得要他負起責任才行——

「——喂。」

聽到他叫我，我稍稍抬起頭來，越過自己的胸部看著轉過頭來的水斗。

「我要把茶壺跟茶杯收走了，妳不喝了吧？」

「啊，好。不喝了……」

水斗端著托盤走出房間。

看著房門啪答一聲關上，我不解地偏了偏頭。

完全沒感覺到視線……

水斗看起來也氣定神閒，跟拿潤絲精到浴室給我的時候，或是我穿露乳溝的衣服去接近他的時候簡直判若兩人。

……是不夠刺激嗎？對於總是跟東頭同學玩在一起的水斗來說，已經不覺得「有個異性在房間裡」值得讓他心跳加速了？

既然這樣……！我就換這一招！

喀嚓一聲，房門打開，水斗回來了。

這時我已經在床上蜷縮起來裝睡。

我把眼睛睜開一小條線，確認水斗的反應。水斗看了我一眼，低聲說：「不要睡在別人的房間啦。」很好，作戰成功。再來只要趁他去書桌背對我坐下之前——

「……嗯……」

我假裝在睡夢中翻身，同時——把手伸進了襯衫的衣襬下。

我就這樣，演得像是暖氣開太大時的睡相那樣，把襯衫一直往上推。

這樣的話……！這樣刺激就夠強了！一定不可能視若無睹！

做得太過頭會顯得很不檢點。只讓他看到小腹，看到肋骨——姑且先停在胸罩若隱若現的位置就好。

怎麼樣！對你沒有那種意思的女生，不可能這樣卸下心防吧！

我再次微微張開因為緊張而緊閉的眼瞼。

看看結果如何吧。水斗會用什麼樣的表情看我的放蕩醜態——

「…………………」

我微睜雙眼，看到的是水斗的背影。

是水斗看都不看我一眼，面對著電腦的背影。

「…………………」

為什麼？

上次明明還好像滿有效果的說——

他的反應，讓我想起我們支持東頭同學追水斗時的狀況。

那時他看到東頭同學內褲走光，神色如常地提醒她：「內褲露出來嘍。」他現在這樣，就好像已經關閉了把我視為女生的開關——

——只能衣服脫了，把他推倒嘍。

亞霜學姊的聲音，在腦中重複播放。

伊理戶水斗◆殺手鐗

我成功馴服性慾了。

或者應該說成適應了興奮狀態會更正確——經過訓練，現在即使被挑起了情慾也不會表現在視線等舉動上了。

主要方式是在網路上搜尋圖片，總之就是讓眼睛習慣女人的身體。目的不是藉此讓自己變得清心寡慾，而是熟悉自己的興奮反應，學會如何控制。

儘管感覺只是安慰性的訓練，看來至少有達到自我暗示的效果。結果，現在無論結女如何誘惑我，我都能把她趕出視野之外。

……說了半天，發揮最直截效果的，恐怕還是我負不了責任卻仍然對結女想入非非，而讓我對自己厭惡透頂的那一瞬間吧。

副作用是我現在看性感插畫的眼光變得挑剔多了。

「以這種場面來說，再有點濕度應該比較好吧？例如明顯流汗散發熱氣之類的。」

「哦，您是說光是濕身還不夠是吧？水斗同學也練出火候來嘍。」

跟伊佐奈碰面時也不再受到雜念所干擾。

凪虎阿姨更是毫不客氣地跑來看伊佐奈房間的垃圾桶，說：

「你到底要拖多久才要跟她做？真噁爛。」

她雖然跟我這樣講，但是製作人跟負責對象搞男女關係以一般標準來說恐怕不太健康吧。

我就這樣撐過了結女的攻勢，終於迎來了這一天——十二月二十四日。

「哇啊……媽媽，這是什麼蛋糕？」

由仁阿姨把買來的蛋糕放在桌上展示給大家看，結女充滿好奇心地湊過去端詳。由仁阿姨一聽，露出好不得意的壞壞笑容說：

「是有點大人系的蛋糕。」

「大人系的蛋糕？」

「裡面加了酒。」

咦！結女大驚失色，稍微跟這塊黃色海綿蛋糕保持距離。

「我們吃了不會怎麼樣嗎……？」

「沒事沒事！沒觸犯法律！況且酒精濃度也沒有很高啦！」

真的嗎……？我用手機一查之下，得知日本法律定義的「酒類」似乎只包括含有酒精的「飲料」。也就是說蛋糕或巧克力等食品不算在內。感覺有點鑽漏洞……

「什麼東西都要試過才知道，你們小心別吃太多就好。而且我們也有買普通的蛋糕。」

聽老爸也這麼說，於是結女也接受了，說：「嗯──那就吃一點點好了……」好吧，與其等到大學酒局什麼的才第一次喝酒，先在監護人的監督下嘗試是比較安全。

「那麼，耶誕快樂～！」

就這樣，伊理戶家的耶誕夜平安地過去了。

過程中，到現在還以為伊佐奈是我女朋友的由仁阿姨挖苦我：「水斗你沒關係嗎？放著東頭同學不管～」但我早就習慣了，隨口回答：「沒關係，那傢伙都沒在過節的。」便應付掉了。

吃完蛋糕與晚飯後，我獨自從餐桌移動到暖桌，拿電視的耶誕特別節目當ＢＧＭ看書。

可能是吃了加洋酒的蛋糕的關係，身體暖洋洋的，心情也變得有點開朗。暫時沉浸於這種身心舒暢的狀態也不錯。

結女待在餐桌那邊，跟老爸還有由仁阿姨不知道在聊什麼。優等生跟家人有很多話可以聊，真是好事一樁。

不過，沒過多久，老爸就去打掃浴室，至於由仁阿姨則是去廚房洗碗了。只留下結女一個人──

「感覺怎麼樣？」

她來到我這邊，把腿伸進了暖桌。

我有點提高警覺，但由仁阿姨就在廚房，諒她不敢亂來。

「什麼感覺？」

「酒香蛋糕。你不是吃了不少嗎？」

「沒什麼不同，最多就是有點熱。」

「這樣啊……」

總覺得她的聲音，變得莫名地軟綿綿的。

才剛這樣想，狀況就來了。

結女整個人躺了下來，像貓咪嬉鬧那樣把頭擱到我的大腿上。

「妳這……喂……！」

「嗯～……真的耶，好溫暖喔……」

暖桌形成了擋牆，廚房裡的由仁阿姨看不到結女躺下的模樣。

但她這種行為，也太無法無天了。

換成平時的結女，再怎麼樣都不會冒這種險。她到底是——

「……嘿嘿嘿……」

我發現結女的臉有點泛紅。

難道說——她醉了？只是吃了洋酒蛋糕？

剛才講話明明還那麼口齒清晰，怎麼一來到我身邊，就好像完全鬆懈了似的——

「……喂，不要在這裡睡覺。回妳的房間啦。」

「嗯……不要。我要去洗澡……」

「對，快去洗澡，讓自己清醒一點。」

「……我說啊，水斗。」

「嗯？」

「我們回房間吧？」

撒嬌般地冒出的一句話，害我當場僵住。

「我……有東西……想拿給你……是耶誕節……禮物……不能在媽媽他們面前……拿給你，所以……」

……耶誕節禮物。

我怎樣就是無法阻止兩年前收到的羽毛項鍊浮現腦海。

「……我什麼都沒準備喔。」

「沒關係……是我自己想送。」

結女緊緊抓住我的褲子，像是在央求我。

「這點小事……你不會拒絕吧……？」

我沒辦法說「不行」。

我實在太喜歡她了，無法如此冷淡地一口回絕。

「好啦……但妳得先去洗澡醒醒酒。」

「嗯……也是喔，這樣比較好……」

正好就在這時老爸回來了，說：「浴室打掃好嘍——」

結女搖搖晃晃地站起來，告訴老爸：「我去洗澡。」然後急匆匆地離開客廳，上樓去做準備了。

「……呼。」

真沒想到那點酒精就能醉。是家族遺傳不會喝酒嗎？不，可是我從沒看過由仁阿姨醉倒的樣子。再說——

「…………………」

——是這麼回事嗎？

伊理戶水斗◆喜歡過度以致無法告白

結女後來等到全家人都洗過澡，老爸與由仁阿姨進了臥室，才來到我的房間。

「……謝謝。」

穿睡衣的結女這樣說著走進來，不再像剛才那樣顯得飄飄然的。

「酒醒了嗎？」

「嗯，謝謝你。」

「妳剛才是裝的吧。」

我冷不防拋出的這句話，讓結女一瞬間僵住了。

「不是都說會不會喝酒取決於遺傳嗎？就這點來說，由仁阿姨可以面不改色地陪鄉下親戚喝開了，慶光院叔叔喝紅酒時臉色也沒變——妳是他們的孩子，不可能這麼容易醉。」

當然我並沒有十足把握，但看她現在的反應就確定了。

結女是在裝醉——很可能是為了提出送禮物的事。

「……真是粗神經。女生裝作喝醉，當作不知道就好啦。」

「抱歉，我只是怕將來被詐騙，比較有警覺心而已。」

我坐到床沿，看看一臉怨恨的結女。

「所以呢？什麼禮物讓妳這樣千方百計想送我？」

誰要跟妳營造什麼氣氛啊？我盡可能語氣粗魯地這麼問。

結女點了個頭說：「嗯……」快步往我這邊走來，緊挨著我一屁股坐下。

「喂……」

我想拉開距離，但結女搶先抓住我的手臂。

「不行……你不准逃。」

她用一雙大眼睛，含情脈脈地注視著我說：

「別看我這樣……我可是鼓足了勇氣喔。」

看來在營造氣氛的這一關，是由對手勝出。

十分遺憾的是，我沒輕浮到能嘲弄一個態度認真嚴肅的人。

結女翻翻口袋，拿出了一個小到可以放在手心裡的禮物盒。

「這個……你打開看看。」

我收下它。乍看之下像是用緞帶綁住，結果好像只是圖案。只要掀開蓋子就能打開了。

我先吞吞口水滋潤一下發乾的喉嚨。感覺一打開盒蓋的瞬間，就會有一些事物產生決定性的變化——這種毫無根據的直覺，弄得我緊張萬分。

我用力握緊拳頭，阻止它發抖。

事到如今，不得已了。

我緊張地伸手，慢慢打開了禮物盒的蓋子。

「…………啊……」

我的直覺是對的。

禮物盒裡的東西，是雕刻著銀色羽翼的——

——一枚戒指。

「還記得兩年前——我送給你一條羽毛墜子的項鍊嗎？」

對著看到戒指渾身僵硬的我，結女說道。

「今年，我想超越那個禮物……就選了羽翼……然後啊——」

嘰的一聲，彈簧床微微擠壓了一下。

「——其實，這是對戒。」

結女的聲音當中，蘊藏著決心。

「兩枚羽翼配在一起，才算完整……就是這種概念的對戒。」

——比翼鳥這個名詞，閃過我的腦海。

這種只有一翼的鳥，必須雌雄相得才能飛行——用來譬喻男女之間的深厚情意。

「另一枚，我沒有買……我希望……由你去買……然後送給我。」

……這也太奸詐了。

妳是真的……不打算自己說出口啊。

堅持就是要讓我來說。

打定了主意——要讓我來決定。

可是，妳又做了這麼多言詞以外的示意。

我……我這麼痛苦……妳卻是這樣，如此直率。

——太奸詐了。

我多希望我也能像妳一樣，順從感情而生啊。

「……這個……！……」

乾涸的喉嚨，讓聲音一再卡住。

彷彿要阻止我說出接下來的這句話。

「這個…………我不能收。」

我靜靜地，把禮物盒蓋回去。

「我……沒辦法……成為……妳的羽翼……」

我是真的，真的很傷心。

可是，這就是事實。

我們都知道，比誰都清楚。

告白，不過是崩壞的序章罷了。

不管有多喜歡對方，那種感情都會隨著時間風化，甚至形成一種負擔，最後變得什麼都只想到自己。

而且這次這樣做，還會牽連到老爸與由仁阿姨。

我知道這會對妳造成多大的傷害。妳為了由仁阿姨改姓，還搬到前男友的家裡。妳不惜這麼做也要守住一個家，卻又被妳自己親手毀掉，我——我絕對不想看到那種事情發生。

要是我對妳一點也不在乎，該有多好。

要是國中時期根本沒發生過那些，成為一家人之後也沒什麼交集，對妳一無所知，完全沒把妳放在心上，我也不會想得這麼複雜，忠於自己的慾望就好。

但妳對我來說已經太重要，使我不敢把我的這份感情宣洩在妳身上。

我太喜歡妳——以至於無法向妳表白。

所以——

「——我不要。」

斬斷一切般的嗓音，在我耳邊響起。

下個瞬間，我的身體突然被一股壓力推倒，按在床上。

結女跨坐在我的肚子上。

像是一條鎖鏈。

像是一塊鎮石。

「我說過，絕對不會……讓你逃走。」

結女用兩隻膝蓋固定住我的雙臂，完全奪走了我上半身的自由。

接著，她伸手抓住睡衣的衣襬。

「喂……妳！妳做什麼……！」

「不要吵，安靜……會被媽媽他們聽見的。」

雖然男女體格有別，但靠手臂力氣還是掙脫不了雙腿的壓迫。

我一籌莫展，眼睜睜看著結女親手猛地掀起了自己的睡衣衣襬。

就好像要逼我看清楚似的，受到淡粉紅色胸罩支撐的酥胸，暴露在我眼前。繁複的蕾絲花紋，把白桃般的肌膚襯托得更美。我除了屏氣凝神注視著那圓潤飽滿的部位配合呼吸上下起伏之外，什麼都做不到。

結女並未就此罷手。她另一隻手鉤住睡褲的鬆緊帶，使勁把它往下拉。跟胸罩同色綴有小小蝴蝶結的內褲，缺乏安全感地遮住顯然不同於男性的胯下。

我感到頭暈目眩。

我看過她圍著浴巾的模樣，也看過她的胸罩，但這是我第一次親眼看見結女穿起內衣褲的模樣。而且還不是湊巧，是她帶著明確的意志露給我看，網路上那些用來讓我眼睛適應的圖片，相較之下根本不值一提。

「……看著我。」

結女的臉，連耳朵都變得一片嫣紅。

即使如此，她仍然盯著我不放。

「比起國中的時候……大了很多對吧？會不會……讓你興奮？」

她像是要抓住我一般，把手放到我的肩上，說：

「不，我知道……你的確會對我興奮。洗澡的……時候，我已經看到了。」

她上半身向前傾，用長頭髮把我的臉關在裡面，說：

「所以……你跑不掉，掩飾不了。再怎麼假裝沒興趣……只有我，不會被你騙倒。」

她小心翼翼地，愛憐地撫摸我的臉頰。

「還是說……我應該……把胸罩也脫掉？」

不等我回答，結女的另一隻手伸到了背後。

這時，我總算抽回了被膝蓋夾住的右手。

我抓住結女想解開背扣的手。

「……不要……這樣……」

然後，我擠出聲音說了。

「為什麼……？」

「我……我不喜歡這樣……！我不想只把妳……當成性慾的對象……！」

「…………！」

結女的眼睛略微睜大。

「妳為什麼就是不懂……！我這麼……我一直在煩惱……！為什麼妳……就這麼不考慮後果啊……！」

我很想立刻緊緊抱住她。

很想用力抱住她的細腰，以及白皙的肩膀。

可是這種慾望，不能為未來帶來任何幫助。

「拜託妳也想想好嗎……！妳要作夢做到什麼時候啊！國中的時候都受過那麼大的教訓了，怎麼還能這麼天真……！」

太奸詐了。

這不公平。

為什麼只有妳，可以只把目光放在眼前的戀愛上？

「我都不知道心煩意亂多久了……！我想知道怎麼做才是對的，卻怎樣就是找不到正確解答！與其這樣——」

與其這樣——

「——還不如不要跟妳……成為一家人算了。」

對。

正是走錯在這一步上。

要是在國中畢業的那一天，一切痛痛快快地結束，就不會變成這樣了。

我一定早就接受了伊佐奈的告白，現在只把心思放在如何推廣她的插畫上。我不會沒事

累積這些慾望，會適度地發洩，像個高中生該有的樣子，只把全副心力都投注在想做的事上就行了。

不要逼我背負家庭，背負人生好嗎？

我只是個高中生，只是個十六歲的男生。只不過是身處的環境比較特殊罷了。

這種事──對我來說，負擔太重了……

「……對不起……」

結女小聲低喃。

這時，我才發現……

我說了不該說的話。

「……對不起……我……沒有好好……考慮過……我只是……不想要……不想要你……離開我……」

不對。

不對，不對，不對。

我不是有意要──害妳哭泣。

「……對不起……」

結女從我身上下來，重新穿好脫了一半的睡衣。

「……真的……很對不起……」

然後她小跑步離開了房間。

我一步都動不了。

只是呆愣地，注視著被電燈照得通亮的天花板。

——啊。

——啊……

——……啊啊……！

「————！」

我一拳惡狠狠捶在床上。

這並不能改變什麼。

星邊遠導◆決心，與勇氣

以前我一直覺得，耶誕節是別人在過的。

說穿了就是跟我無關的宗教、一個跟我沒緣分的偉人生日，所以說是別人在過的也沒錯——總之對我來說，便是個有對象的傢伙興奮浮躁，沒對象的傢伙不知道在吵什麼的奇妙日子。

直到一個月以前，我作夢都沒想過自己竟然會像這樣，在耶誕節跟女朋友一起逛街。

人的觀點真的隨時在變。去年都還覺得事不關己，今年卻覺得這天簡直是為了我們而存在的。

「唉～……天已經完全黑了呢。」

愛沙仰望著夜空說。

已經到了可稱作隆冬的時期。大概早在幾小時以前天就黑了，但我在看燈飾或是吃飯的時候，都沒那閒工夫去看天空。

因為亞霜愛沙這傢伙，就是如此地吸引我的目光。

不過，今天的這段時間也就到此結束了。現在還不算太晚，還是早點送她回家吧。我雖然這麼想，卻一句話也沒說出口。

難道我捨不得走？真是痴情啊，不適合我這個大塊頭。

再怎麼捨不得分離也沒用，行程已經跑完了。耶誕節該做的事都做過了，如果還要找事做——

「……學長，我跟你說。」

愛沙用較小的力道，拉了一下我們牽著的手。

「我想……去一個地方。」

現在嗎？

我一邊準備這樣問一邊往旁邊看，只見這個女生用圍巾遮起了嘴巴，羞紅了臉。

她的所有心思，都藏在這副表情裡。

是決心，與勇氣——

「——能不能……讓我……再挑戰一次？」

伊理戶結女◆耶誕節女生聚會

紅會長的家一如想像，是那種電視上會介紹的豪宅。

是一棟三層建築，車庫裡有容納三輛車的空間，而且……

「房子是爸媽的，不是小生有哪裡了不起……不過好處是客廳真的很大。」

客廳已經大到看不出來有幾坪了。

從小到大一直住在公寓的我，搬到伊理戶家時就受過輕微的文化衝擊。可是這個已經不是那種等級了。從分類而論應該屬於ＬＤＫ，可是Ｌ、Ｄ與Ｋ都比伊理戶家大了至少兩倍——我猜就算讓二十幾人來家裡開派對都綽綽有餘。

難怪她會跟我們說——可以帶朋友來沒關係。

「啊哈哈哈哈！大到好笑～！」

「是美國……這根本是來到美國了！」

「妳把美國當成什麼了？」

曉月同學興奮笑鬧，麻希同學嚇呆了，奈須華同學對她吐槽。

連耶誕節都以學生會為優先讓我過意不去，所以我約了平常這幾個閨密一起來。本來還擔心一次叫三個人會不會太多，結果完全是白操心了。

在這個就像麻希同學說的，有如美國家庭一樣寬敞的客廳當中，還有紅會長或是亞霜學姊的幾名女性朋友。除了亞霜學姊竟然有同性朋友這件事實讓我大為震驚之外，更驚人的是紅會長真的是朋友成群。六個？七個？八個？有的同樣是高中生，也有的比較年長，像是大學生，其中還有女生看起來像是外國人士。

在她們當中，有一個嬌小的女生顯得侷促不安。

「明日葉院同學，晚安。」

「啊，伊理戶同學……晚安。」

明日葉院同學看到我，露出稍顯安心的神情。

她不好意思去煩忙著跟邀請來的朋友致意的會長，但又沒有其他認識的人，一定覺得很沒安全感吧。

從這點來說，我們是同年級，她跟曉月同學又已經見過面，應該比較容易適應。

「亞霜學姊呢？怎麼沒看到她……」

「好像是睡過頭了，不知道能不能勉強趕上。」

「睡過頭……」

可是都傍晚了耶。她到底是幾點睡的？

「啊，明日葉院同學，我介紹妳們認識喔。她是——」

我跟麻希同學以及奈須華同學介紹了明日葉院同學。麻希同學看著明日葉院同學的胸部，說什麼：「伊理戶同學難道具有吸引巨乳的要素嗎？」不過她們倆為人都很隨和，即使明日葉院同學有點愛挑剔，我想大家還是會處得很好。

就在我們跟明日葉院同學漸漸聊開了的時候，我忽然覺得心裡一陣沉重。

——拜託妳也想想好嗎……！

我是第一次……

第一次看到水斗用那種示弱的方式發脾氣。

對我來說，他一直是理想中的男朋友，是不共戴天的宿敵，是有擔當的家人。

我從來沒有看過，他像個孩子那樣吼叫的模樣。

可見他……是真的很煩惱。

煩惱到維持不住最擅長的撲克臉，保持不了平常游刃有餘的態度。

我……什麼都沒想過。

只是像國中生一樣，嚮往身邊其他人談的戀愛，被夢想中的關係沖昏頭……

水斗說得對——我們如果不是一家人，就沒有這麼多事了。

就像普通高中生談的戀愛一樣。

也許我一直在下意識地，逃避這個現實。

可是，內心的某個角落早已察覺到了。

否則——

——但願此刻暫時停留。

——我又怎麼會那樣祈求？

無用的藉故拖延。

卑鄙的暫停措施。

我明明很清楚，卻沒想過要如何才能讓這個暫停措施化作永遠。

想丟給——水斗去思考。

可是比起藉故拖延，比起暫時擱置……這才是最卑鄙的行為。

「——啊～！對不起我遲到了～！」

就在大家準備舉杯慶祝的時候，亞霜學姊總算現身了。

可是，她是怎麼了？聲音聽起來……

我走到亞霜學姊身邊問她：

「學姊，妳怎麼了？聲音好沙啞……」

「啊～小結子……這個啊，哎，別在意啦……只是有點玩太瘋了……」

是不是卡拉ＯＫ唱了通霄？

接著紅會長從朋友軍團中脫身過來說：

「嗨，愛沙。聽說妳一直睡到剛才？人家是過年睡到飽，妳卻是耶誕節睡到飽，真是新奇。」

「昨晚沒睡飽嘛～……睡個回籠覺就睡到這麼晚了……」

「——哦～？」

曉月同學不知何時來到了我背後，露出低俗的笑臉，兩眼發亮。

「妳說什麼？沒睡飽？在耶誕夜當晚？我的天啊，原來是這樣啊……」

——咦。

該不會……

我與紅會長不約而同地看著亞霜學姊。

「幹、幹嘛啦？討厭……」

亞霜學姊像是不敵壓力般倒退一步。同時我與會長都看得一清二楚，學姊按住襯衫的衣領，若無其事地做出了遮住脖子的動作。

會長平靜地露出一絲淺笑。

「昨晚好像很開心喔？」

「……欸嘻，還好啦。」

亞霜學姊像是放棄抵抗了，露出害羞的靦腆微笑。

然後——

「真的好難找地方喔～！沒想到愛情賓館在耶誕夜會那麼爆滿！可是真的好好玩喔，有好多普通旅館沒有的東西！妳們一定要找機會去看看～！」

開始口若懸河地耀武揚威起來了。

會長輕戳她額頭一下阻止她，我曖昧地笑笑帶過。看來即使已經轉大人了，亞霜學姊還是那個調調。

可是，原來是這樣啊，昨晚……

我露內衣褲給水斗看時，學姊已經跟星邊學長，做到嗓子都啞了……

……嗚哇～嗚哇啊～！

說不出的害羞與說不出的懊惱同時來襲，使我的腦子一片紛亂。然後，就像後勁發作似的——亞霜學姊都能這麼順利，為什麼我就是做不好呢——一想到這裡，心情頓時沉到谷

底。

「……小結子？小結子？」

一回神才發現，亞霜學姊的可愛臉蛋已經湊到我眼前來看我，我驚慌地身體後仰。

「怎麼了？一副有心事的樣子。」

「……呃，我……」

見我無法回答，亞霜學姊似乎立刻就看出端倪了。

她很快地湊到我身邊，小聲呢喃：

「（該不會是上次說的那個……失敗了？）」

「（……嗯。）」

我有些遲疑地點頭，亞霜學姊嘆氣般地說：「這樣啊……」又說：

「（哎，沒關係沒關係！）」

她用力摟住我的肩膀，語氣歡快地說了：

「（色誘失敗個一兩次也不會死人啦！妳看，像那邊那個天才少女！妳知道那傢伙主動送上門被阿丈拒絕幾次了嗎？）」

……………………

「（有道理……）」

「（是不是是不是——？）」

「……怎麼覺得好像聽見極其令人不愉快的對話？」

正在跟其他朋友聊天的會長，皺起眉頭轉過頭來。

「要命！」亞霜學姊喃喃自語，說「沒有沒有」掩飾過去。

「（像我也是一年多都沒得到任何反應啊！後來才驚天大逆轉，然後昨天……昨天……唔嘿嘿……）」

亞霜學姊發出像極了東頭同學的宅女竊笑。

我弱弱地微笑，說：

「（看來你們昨天是真的很開心呢。）」

「（……嗯……太難忘了……♥）」

看起來好像連眼睛都變成愛心了。

亞霜學姊現在，滿腦子大概只有星邊學長一個人吧。

「（——我恍神了！……總而言之，不要放在心上啦！只要不怕失敗繼續進攻，對方遲早會對妳動心的！）」

「（……可是…………）」

我想，他應該已經對我動心了。

可是，現在的我們，沒有資格將心中的悸動化作實際行動。

沒有──下定決心。

「（……嗯──好吧，我是不知道問題出在哪裡啦。）」

亞霜學姊用力摟摟我的肩膀，為我打氣。

「（但是只要試著坐下來談談，認真去了解對方的想法，問題常常就會迎刃而解喔……在神戶那次，妳不是也叫我這樣做嗎？）」

「（……啊……）」

說得對。

我應該也有過相同想法。當時，我看到學姊因為被甩而哭泣……就想：真心應該要得到真心的回報。

然後，亞霜學姊便去認真面對星邊學長了。

星邊學長也用認真的態度，回應她的誠意。

難道不就是她的態度給了我勇氣，啟發了現在的我嗎？

──既然這樣，我……

豈不是也該拿出誠意，面對水斗認真思考的問題嗎──

「──好，到了舉杯慶祝的時刻了！」

紅會長手裡拿著無酒精氣泡酒說了。

「那麼，祝福這個神聖的夜晚，以及變成女人的亞霜愛沙——！」

「「「乾杯——！」」」

「等……羞死人了！這樣很丟臉耶，鈴理理！」

我想，我現在該變成的不是女人。

而是最能誠實面對伊理戶水斗的獨立個體。

伊理戶水斗◆遊戲的取勝方法

「嗨，伊理戶～你還活著嗎～？」

川波從外面回來，口氣輕佻地關心趴在地板上的我。

我勉強舉起一隻手，川波把塑膠袋放在桌上開始翻翻找找。

「我隨便買了些吃的。唐揚雞便當跟麻婆丼，你要哪一個？」

「……麻婆丼……」

「原來你愛吃辣啊。」

他說了聲：「拿去。」把加熱過的麻婆丼放到我旁邊。

我慢慢爬起來，從碗裡拿出裝了麻婆料的盤子，把紅通通的豆腐湯汁小心地倒在白飯上。

在我的面前，川波正在拆掉便當的塑膠膜，掰開免洗筷。

「偶爾吃超商便當過耶誕也不賴吧。雖然你跟我說想來我家過夜時，把我嚇了一跳……」

這裡是川波家中他自己的房間。

我今天一從淺眠中醒來，立刻聯絡川波，像個縮頭烏龜似的躲到川波家來，賴著不走。

「沒關係，儘管把這裡當成避難所吧。不管是誰，有時候都會想跟女人保持距離啦。」

「……謝了。」

「還真老實。」

川波沒有抓著我問個不停，不像平常總是沒水準地想挖人隱私。也許是看到現在的我，想起了自己在男女方面有過的悲慘經歷吧。

我跟他不同，被結女碰到並不會引起我的反感，反而還覺得很舒服——幾乎要被這種舒適感牽著鼻子走。真正讓我有反感的，是這樣的自己。

我擔心——萬一結女又來投懷送抱，那種情況搞不好會再度上演。

而且我也怕——自己下次真的會犯下無可挽回的大錯。

即使我知道像這樣選擇逃避，並不能夠解決任何問題——

一口水都不喝，只顧著把麻婆丼垃圾食物般的辣味塞進嘴裡，簡直就像一種自傷行為。同時我也觀察到經由填飽肚子的方式，對我的精神層面發揮了少許鎮靜效果。

——簡直像是事不關己。

都什麼狀況了，我還在用客觀角度觀察自我。

「既然你已經振作起來了，陪我打打電動吧。」

川波把空餐盒收走，然後回來坐在電視機前，拿起了手把。

被他把手把塞進手裡，我慢吞吞地說：

「我不是很會打電動喔。」

「誰一開始都不會打啦。我在神戶跟你玩的時候就覺得，你是那種只是沒在玩但很有天分的類型。」

川波一邊說，一邊拿起自己的手把，開啟遊戲機的電源。

電玩啊……

現在才想到，我不知道慶光院叔叔目前在做什麼樣的遊戲。

川波從主頁隨便選了一款遊戲，說：「總之你先習慣一下操作。」畫面進入練習模式，

我照順序動動操作桿或是按按鈕。這是跳躍，這是攻擊——

「你果然很聰明，不像是沒握過幾次手把的樣子。」

「打電動跟聰不聰明無關吧。」

「不見得喔，就像電競選手有些人的學歷可是高得嚇人哩。很會打電動的人，都很擅長思考怎樣才能玩得更好。應該說他們懂得如何憑感覺找出正確答案嗎……」

「你是說他們懂得正確的思考方式？」

「對對對。雖然技術操作或是反射神經也很重要，但是靠這些技巧頂多只能在幾個朋友之中當強者，一旦要跟全國或全世界較勁，不懂得正確的思考方式就不管用了。你知道嗎？在ＦＰＳ之類的競技比賽當中，還會有專業分析師負責分析敵隊資料哩。」

「哦……也是，畢竟打電動能做的事就那些了……」

「嗯？什麼意思？」

「比方說這個角色像這樣出拳，速度是固定的，不管怎樣努力也不可能讓它更快。現實中的體育活動或許可以練出更快的拳擊，但電玩就不行了——我是說，既然單純的體能方面確實有所極限，其他部分自然就只能用思考能力去彌補。」

「喔——對對，就是這樣。我說你聰明，正是因為一般人沒辦法立刻想通這麼深的道理啦。」

……假如我真有那麼聰明，我還希望自己能立刻想出辦法解決跟結女之間的事咧。

操作方式大致上弄懂了，於是我開始跟川波對戰。雖然他當然有手下留情，但我一開始怎麼打都打不贏。不過，隨著我漸漸習慣如何操作，對戰也開始變得比較有看頭。

「——唔喔！這時候來這招嗎！」

「我猜到你會那樣了。」

「真的假的啊……拿起手把才兩小時竟然就給我開始玩心理戰……」

拳頭的速度不會忽然變快，所以只能讓對手的行動利於拳頭命中。原來如此，算得上是一種心理運動。

「下次我要使出常用的了。要是輸給初學者就太難看了！」

才剛以為可以打得不分軒輊，川波就開始幼稚地接連使出強勁的連續技，直接把我虐爆。原來如此，看來也得具備知識才行。

「等我一下，我查個資料。」

「玩真的啊……第一次看到有人在朋友家裡打電動打到開始查維基的。」

就這樣，我們度過了一段只是不斷在畫面中互毆的無益時間。

打造伊佐奈也是，跟川波打電動也是，總覺得自己最近開始了不少新活動。一直以來，我都是度過規律化的時間：上學、看書、睡覺。儘管其中曾經穿插過一小段與女朋友的時

間，但我度過時間的方式並未產生根本性的轉變。

我是否覺得自己必須有所改變？

我不願意讓自己像結女一樣，為了迎合旁人而改變自己的作風。我認為把這稱為成長對我來說太威權，是一種過度配合社會大眾的理論。

我認為自己現在達到的變化，跟這種狀態有所差異。我並不是希望得到旁人的認同，不是為了適應社會。而是正在從自己內部發掘新事物，讓自己變得能夠去接納它——是為了自己所做的自我變革。

我想，我一定是個空虛的自我主義者。分明缺乏自我，卻總是只想到自己。所以，當我被迫從自己或結女當中做選擇時，我還是對犧牲自我的選擇不屑一顧。從一開始我就只有一個選擇，只能面對唯一一個選項。

川波說我懂得正確的思考方式。的確，我選擇衝過最短路線，中途絕不繞路。殊不知這樣會把誰拋下不顧。

結果抵達的卻是一條死巷，太難笑了。

「——打電動真的很不錯。」

經過一段只聽得見手把按鈕喀喀聲的時間，川波突如其來地說了：

「無論是多不愛說話的人，我覺得透過玩電動都可以做朋友。比方說發現對方屬於意外熱血的類型，或是沒想到他根本腦袋裝肌肉等，這些平常不會說出口的人格特質都會表現在遊戲打法上——如果只想用談話去了解這些，那不知道要花多少時間才行，對吧？」

「……你說得對。」

「個性惡劣的傢伙啊，玩電動的時候也會很沒品。像是狠虐初學者還哈哈大笑，自己一個人覺得很爽之類的。很容易就會在玩的時候顯露出本性。」

「那也就是說，我現在也正在顯露本性嗎？」

「你嘛——讓我覺得你處事很認真。」

「你隨便說說的吧。」

「我才沒有。你不會因為占了上風就開始囂張，還沒摸透對手怎麼出招時會謹慎地摸索兩者的間距，是對對方抱持敬意的人會有的打法。這可是一種美德喔。只要上線玩一下就知道了，一堆人都沒把對手擺在眼裡，不懂得遵守遊戲禮儀。」

「而且啊——」川波又接著說。

「你玩電動的方式很細心。就好像步步為營，試著慢慢學會更多技巧。同時總是冷靜地估量自己的實力……」

「…………………」

我覺得自己好像被他看透了。總是從客觀角度事不關己地觀察自我的我，竟會這麼直截

地顯現出自己的人格？

「我看你在處理現實中的人際關係時，大概也是這樣吧。你會尊重對方，確認自己的分寸——我覺得你活得認真又誠實，甚至讓我看了都替你累。」

「不要擅自當起人生諮詢師啦。不過就是打電動嘛。」

「那你就跟她好好談談啊。」

川波避開我的攻擊，一招痛擊我的角色。

「你跟伊理戶同學，可沒辦法靠電動互相了解喔。」

於是我的殘機歸零，川波贏了。

川波看著我，咧嘴露出誇耀勝利的笑臉。看到他那副表情，我嘆氣般地說了：

「狠虐初學者就爽成這樣，個性太糟了吧。」

「我可沒把你當成初學者。」

——對，我不是初學者。

我已經有過一次同樣的經驗。

當時我無計可施，只能過一天算一天。

難道這次，還要重蹈覆轍？

再來一遍自己曾經百般輕視的國中經驗，然後等到上了大學再來說「事到如今只能說是年輕的過錯」當成回憶嗎？

蠢斃了。

——真的，蠢斃了。

「伊理戶，你也該習慣了吧。憑你的能耐，應該已經知道該怎麼做，才能在遊戲中取勝了吧？」

「你說得對——」

幸好我有在看書。

先人的話語總是充滿哲理。

「——這就叫做『知己知彼，百戰不殆』。」

伊理戶結女◆渴望的心情

結束了耶誕節女生聚會回到家時，水斗還沒回家。

向媽媽一問之下——

「他說要去朋友家裡過夜。說不定是去東頭同學家喔——」

媽媽喜孜孜地偷笑，但我知道不可能。

水斗要去找東頭同學的時候，絕對都會跟我說一聲。我原本還不太明白他這麼做的理由，但昨天那件事讓我猜到了幾分。

水斗那樣知會我一聲，是因為他左右為難。

究竟是什麼事情如此吸引水斗，使他無法抗拒？

是什麼事情，讓水斗非得轉身離我而去？

我——必須弄清楚。

沒弄清楚這件事，我就什麼事都做不了。

我傳了ＬＩＮＥ給東頭同學。

『明天，我可不可以去妳家玩？』

「久等了～」

穿著棉織長袖衫的東頭同學，慢條斯理地從門口露臉。

她頂著一頭亂髮，長袖衫皺巴巴的，缺乏女子力的程度把我驚呆了。雖然她每次來家裡玩的時候都穿得很隨便，但我現在才知道原來那對東頭同學來說已經算是有打扮過了。

「東頭同學……妳剛睡醒嗎？」

「沒啊～……幾個鐘頭前就起來了，只是懶得換衣服……真是不好意思，我穿成這樣～……」

「不會，沒關係……是我臨時說要來妳家的。」

東頭同學讓我進門。她蹦蹦跳跳地穿過走廊，沒走兩步就打開了一扇門。看來這裡就是東頭同學的房間。

「請進～雖然就跟我在ＬＩＮＥ說過的一樣，沒什麼可以招待的……」

「妳現在這麼忙啊？」

「因為有截稿日呀～」

「截稿日？是什麼比賽嗎？」

「是水斗同學定的截稿日啦～前天才剛畫好耶誕節插畫，馬上又要我畫新年插畫～好斯巴達喔～」

……原來水斗真的在當她的製作人。雖然已經聽說過了，但聽到她本人這樣說，我才初次產生實際感受。

「……打擾了。」

東頭同學的房間，亂得跟水斗的房間有得比。雖然文庫本都收在書櫃裡而不像水斗那樣

亂放，但桌子周圍的地板上堆了幾本又大又厚的陌生書籍。

東頭同學坐到椅子上，拿起了觸控筆。我走到她駝著的背後，也沒多想就探頭看看桌上的平板電腦，說：

「妳剛剛說新年插畫，可是還要再過大概一星期才到新年吧？這很花時間嗎？」

「啊，我現在畫的不是新年圖啦。」

「咦？」

東頭同學流暢地動筆畫圖。

「我有其他想畫的東西，所以想先畫起來。結果這樣一排，日程就滿了。」

東頭同學害羞地發出「唔嘿嘿」的靦腆笑聲。不但有水斗要求的截稿日，還自主繪製其他圖畫……？一星期之內要畫好兩幅，單純計算就是三天半要畫出一幅……

「插畫都是這麼快就能畫出來的……？」

「草圖的話一個小時也夠畫，但這個是認真的全彩插畫，要上學的時候一個星期都很趕。」

「那為什麼要把自己逼得這麼緊……」

「咦？沒辦法啊，就是想畫嘛。」

東頭同學講得彷彿不當一回事，就好像這是全天下的常識。

不過這個想法，跟東頭同學至今給我的印象並沒有矛盾。對，東頭同學從一開始便是這樣了。在她的內心，懷抱著異於常人，但被她視為理所當然的常識。仔細想想，其實這就是標準到讓人無言的天才型思維。

而與她距離最近的水斗，第一個看穿了她的這種思維——仔細想想，這同樣也是理所當然。

我將視線轉回桌子周圍堆積如山的磚頭書，蹲下去看看封面。

「啊，那些書是資料。」

我還沒問，東頭同學就告訴我了。

「就是背景或衣服那些。雖然上網找圖很方便，但專業書也有它獨特的味道喔。」

「妳自己買的……？零用錢夠嗎？」

「不，大多是水斗同學買來的。」

「咦？」

「我覺得上網搜尋就夠了，但他說到頭來還是要看書才能獲得正確知識……之前還說好遵守截稿日的話可以得到獎賞，結果也用來買那本書了。」

我拿起最上面的一本書，看看寫在封底的價格。足足要兩千圓以上。

比起買電玩遊戲或是跟朋友出去玩，閱讀是相當省錢的興趣。如果買舊書還能更省錢。

話雖如此，水斗因為買書買得很凶——零用錢應該沒剩多少才是。雖然動用壓歲錢之類的存款的話，是不至於買不起……

但他光是為了栽培東頭同學——為了這一個目的就能做這麼多？

我再次站起來，從東頭同學的背後探頭看看平板電腦。

這個應該……叫做描線吧？就是拿顯示得較淡的草稿為底重新描成線稿。只見她筆尖沒有抖動，飛快地在我眼前畫出女生角色的輪廓。

畫得太好了。

我一個外行人只知道這樣。

如果看到完成度更高的圖畫，是不是能看懂更多部分？我抱著這種想法掃視房間，但好像沒有列印出來的作品。

「東頭同學，我問妳喔。」

「什麼事——？」

「東頭同學的畫，有在網路上發表對吧？可以告訴我帳號嗎？」

「呃——……」

她好像不太情願。

「不行嗎？」

「也不是不行——……可是不覺得有點害羞嗎？跟現實中的朋友說自己的筆名。」

「嗯——……因為我社群平台就只有用ＬＩＮＥ……」

「喔……還沒被網路毒害的純潔人士……」

「真的不行嗎？」

「……如果妳保證不會跟學校同學說……就可以。」

「為什麼要隱瞞呢？妳畫得這麼好。」

「水斗同學說不行。他說『只會被利用來做這做那』、『不要拿身邊環境滿足自尊需求』、『要放眼更廣大的社會族群』。」

「很像他會說的話……」

「其實我也認同。小學不是也有那種同學嗎？一到美勞課就成為班上的紅人，在教室裡被大家拜託畫這畫那的同學。」

「有，我也記得。」

雖然我看了覺得很羨慕，但對東頭同學與水斗來說豈止是浪費時間，根本就是被打擾。

因為水斗相信——她不用在教室被吹捧，在更廣大的世界一樣可以闖出名堂。

東頭同學把她公開插畫的網站與筆名告訴了我。我用自己的手機輸入搜尋，找到了東頭同學的帳戶頁面。

公開的插畫一共有八幅。我從新到舊一一開啟。

「………………！」

坦白講，我本來有想像過。

以為會看到漫畫雜誌的讀者投稿專欄那種，一看就像是出於外行人之手的樸素圖畫。

可是……東頭同學的畫作，全然不是**那種等級**。

沒錯，從技術層面來說或許不如專業畫家。但是，應該說是表現力嗎……每一幅畫都呈現出強烈的「色彩」。我指的不是單純的用色，也許可以說成東頭同學特有的作家風格——類似某種訊息的特質。

最不尋常的是，就連我一個外行人都一眼就看出了這種特質。

而且，就算說到還有待加強的技術，也一幅比一幅更有進步。按照時間順序一幅一幅看下來，會發現發表日期都是這一個月內。東頭同學短短一個月就能明確地有所進步當然很厲害，但是為她指引進步所需方向的水斗也很不得了。甚至讓我覺得如果說東頭同學是繪畫天才，那水斗可能就是栽培她的天才。

最後，我看到最早發表的插畫時，倒抽了一口氣。

那是一個表情歪扭擠出皺紋——失戀的女生的插畫。

該怎麼形容才好呢？應該說表情的——感情的解析度別具一格嗎？明明是所有插畫中最

缺乏技巧的一幅，震撼性卻勝過其他任何一幅插畫。

同時，這幅插畫——儘管相貌或表情全都沒有共通性——卻讓我聯想到亞霜學姊在神戶告白遭拒時，笑中帶淚的神情。

對，就是那個——這幅插畫，正是重現了那時候的亞霜學姊。

能夠正確解讀他人的情感，甚至還能夠在插畫當中精確地重現——這不叫才華叫什麼？

事情很明確了。

是神戶。

水斗就是在神戶，確信了東頭同學天賦異稟。

然後，一個新的影像——《西伯利亞的舞姬》書頁滲水的痕跡，浮現在我的腦海裡。

「……好厲害。」

我輕聲脫口而出。

「東頭同學……妳好厲害喔。」

她本人正在專心作畫，一定沒聽見我說的話。

所以，我才能坦率道出心聲——發自內心宣布投降。

我贏不了這種才華。

就算我變成無人能及的美少女，也無法取代這份才華。

假如伊理戶水斗有個命中注定的對象，那一定就是東頭伊佐奈。在這兩人的人生故事當中，我只是個電燈泡，得不到任何角色。

我只不過是以前跟水斗交往過罷了。

我只不過是跟水斗住在一起罷了。

沒有什麼特別的。我只是喜歡水斗喜歡得不得了，就只是這樣的一個人罷了。就算將來有一天水斗的名字變得舉世聞名，也不會有人知道我是誰。因為我的戀愛感情，對我以外的人來說一點也不重要。

可是。

可是。

可是。

水斗卻為了這樣的我認真思考。

明明沒有別的選擇，但他沒有輕易把我捨棄，而是思考、思考再思考——讓他自己那麼痛苦。

這件事……

……這件事……

難道，我真的會覺得它沒有價值嗎？

「……欸，東頭同學。我可以問妳一個很突然的問題嗎？」

「請說——」

「假如水斗有了個很珍惜的女朋友……跟妳說怕女朋友生氣所以不能再跟妳見面，也不能再幫助妳走插畫家這條路……妳會怎麼做？」

東頭同學原本熟練地動筆的手，停了下來。

然後，她很快地轉過頭來，眼神帶著力道告訴我：

「對不起，結女同學，這件事我就真的無法讓步了……那樣，我會非常困擾的。」

連失戀都能輕易看開的東頭同學，曾經說過水斗可以另外交女朋友沒關係的東頭同學——竟然提出了如此明確的主張。

「……就是說啊。」

我聽到她這樣說，就放心了。

以前，我一直覺得東頭同學像是來自異世界。覺得她就像來自一個價值觀與我完全迥異的世界，跟我是截然不同的人種。甚至懷疑我怎麼會一度將她跟我自己重疊，總是被她的行動與思路弄得暈頭轉向。

可是，這一刻，我總算知道了。

我跟她，只不過是重視的部分不同——

——其實渴望的心情，是一樣的。

所以……

「對不起，我也不能讓步。」

我從對等的立場，也這樣當面告訴她。

我認為這是基本禮貌。

東頭同學變得一臉沮喪，說：

「……真的不行嗎？」

「關於細部條件，我們再慢慢討論吧。八字都還沒一撇就想這些太早了。」

「說得也是……在這邊講了半天，萬一兩人都被拋棄就遜爆了。」

「不要烏鴉嘴啦。」

我噗哧一笑，東頭同學也「咿嘿嘿」地笑了。

我很慶幸自己跟東頭同學是朋友。

我們一定找得到既能做自己，又能繼續前進的方式。

伊理戶水斗◆真正的溫柔

即使學生不用上課，但教師還要再過幾天才會休假。這給了我機會進入校園。

我在教職員辦公室告訴老師是擔任學生會書記的繼妹拜託我來的，便拿到了學生會室的鑰匙。成績優秀在這種時候真好用，很容易就能取得師長的信任。

於是，我初次踏進了學生會室。

眼前是擺了沙發的會客區，再後面有設置了長桌與白板的會議區。我先走到後面的會議區，看了看留在白板上沒擦掉的議程文字。

學生會報的進度、與電競社的經費折衝過程報告、一週拜年行程——早上七點集合。

這些文字的字跡我有看過。

國中時期……跟結女一起準備考試時，我常常在她的筆記本上看到這種字跡。

我讓視線轉向白板旁邊的櫃子。側面標籤朝外並排站立的文件夾，其中一個貼著寫有「學生會公告」的貼紙。我拿出來打開看看。

裡面每一頁都收藏著一張列印好的「學生會公告」。文字大多是輸入的，但部分手寫文字帶著同樣熟悉的書寫習慣。正是結女一絲不苟但有點渾圓的筆跡。

學生會公告好像幾乎是每週發行，目前張數已經相當可觀。每一張上面都有結女的筆跡，也許是覺得全用電腦文字太缺乏溫度吧。不過的確，我也覺得加些鉛筆書寫的文字比較

有手作感，容易吸引目光。

……那傢伙，原來都在做這些事啊。這些文宣，我從來沒有認真看過。的確，它不像伊佐奈的畫作那樣能帶給我感動。但是，我認識過去的她。一個在林間學校連去要咖哩材料都不敢的傢伙，如今竟然在製作全校學生都會看見的文宣。

這些文宣不會驚豔世人，也不會感動人心。甚至恐怕大多數學生都跟我一樣，看都不會去看。

即使如此，我——至少我知道，這份文宣有多值得欽佩。

「就知道是你。」

這時突然傳來房門打開的聲響，我吃驚地抬起頭來。

個頭嬌小但渾身散發存在感的女生——學生會長紅鈴理，看著我笑了。

「聽說有成員的家屬過來，小生就在猜……是結女同學忘了東西嗎？」

學生會長關上門走過來，我目光閃爍了一瞬間。

「……沒有。」

「可想而知。她如果忘了東西會自己來拿，她的責任心很重。」

說著，紅鈴理走向牆邊的熱水壺，打開了蓋子。

「本來只是來拿點資料的，但小生改變心意了。」

她蓋上壺蓋，握住把手。

「坐吧，小生請你喝茶。」

慶光院叔叔也是，難道每個高智商的人都是這樣嗎？好像我的心思都瞞不過他們——

我走到會客區，在沙發上坐下。我不是學生會的人，坐在這裡很合理。

紅鈴理拿著熱水壺走出會辦，很快又回來，打開熱水壺的電源。然後等了一段時間後，拿紅茶茶壺裝了茶葉，用熱水壺倒入熱水。

結女從以前就習慣喝紅茶，不知道學生會是否也都是這樣，我沒看到咖啡粉。

「讓你久等了。」

紅鈴理一邊用托盤把茶壺與茶杯放到茶几上，一邊在我的正對面坐下。然後替兩人的茶杯倒了紅寶石色澤的茶水，說：

「來談正事吧。」

她悠然自得地蹺起二郎腿，泰然自若地看著我。

「你想知道什麼？」

那副神態，簡直像是一位賢者。傳授智慧給勇士，幫助他踏上冒險之旅——

我很不擅長應付這個人。

不知道是為什麼。也許是因為在文化祭的時候，不知為何被她盯上過？

不，我現在可以肯定不是。是她的這種態度——宛如一位賢者，什麼事情都已經有了結論，什麼問題都已經理出答案的態度，會讓時時刻刻都在思索，永遠思索不完的我感到無地自容。

我沒事要找作為賢者的她。

我如果要找，是找身為學生會長的她——不。

是身為伊理戶結女的學姊的她。

「……我只知道結女在家裡，還有在教室裡是什麼樣子。」

據川波的說法，我似乎個性認真又誠實。

「以前知道這些就夠了。可是現在，這個學生會也成了結女的一部分。」

如果真像他說的，那我就毫不矯飾，坦率地說出口吧。

「請告訴我，結女在這裡是什麼樣子。」

知己知彼，百戰不殆。

我必須比現在更了解她。知道這八個月來，她有哪些改變與不變的地方。否則我無法做出任何選擇，以及任何決定。

必須先理解對手，才能施謀用智。

在缺乏理解的狀態下，什麼計畫都不會成立。

紅鈴理露出試探性的微笑，僅只是稍稍偏頭。

「你似乎忘了顧慮到個人隱私。」

「我必須知道她的一切，即使是這部分也不例外。」

比翼鳥。

如果我想與她比翼雙飛。

紅鈴理靜靜地端起茶杯，不慌不忙地用紅茶潤了潤唇。然後將茶杯放回碟子上，露出暗藏心思的含笑表情。

「呵呵。」

「……怎麼了？」

「沒什麼，失禮了。只是仔細想想，我們實在沒做幾件像樣的事。」

…………？我看學生會工作都做得很好啊。

「小生自己可能也是有了現在的學生會成員，才知道自己只是個隨處可見、平凡無奇的女高中生。」

「……妳說妳嗎？」

「是啊。念書、打工、處理學生會的事務，其餘時間就用來聊戀愛話題——標準的女高中生，不是嗎？」

戀愛話題。

……戀愛話題……？

「……妳說妳嗎……？」

「別好像看到可疑物品一樣啦，小生也是會談戀愛的。」

「…………………」

我猜想她說的八成是羽場學長，但她像結女那樣羞紅了臉的模樣，不在我的想像力可及範圍內。況且在文化祭不巧偷看到兩人的那種場面時，她也是用一副從容自在的表情誘惑學長。

「我們這裡唯一的男生總是保持緘默，所以自然而然就會聊到那種話題。愛沙更是有點把學生會當成炫耀男朋友的場所。幸好還有個性耿直的蘭同學在，否則真是不堪設想。」

「妳的意思是說……結女也是？」

「小生知道她喜歡誰，愛沙的話可能不知道對象是誰吧。蘭同學似乎以為你在跟東頭同學交往……不過呢，你還是不要知道太多比較好。聽到女生的戀愛話題內容，你可能就會不想跟女生交往了。」

聽到她這種說法反而讓我更好奇，但又覺得好像眼前擺著開不得的潘朵拉盒子，我收起了好奇心。

紅鈴理輕聲笑著。

「結女同學平時個性既認真又穩重，很有優等生的風範。可是一講到男女感情，就會像變了個人似的。她會請愛沙幫忙出主意然後鬧騰不已，一有什麼心事卻又會明顯地安靜下來。她實在太可愛了。只要想到這世上竟然有男人能贏得她的芳心，就讓小生嫉妒到大腦都快燒壞了。」

真刻意……剛才明明說了知道她喜歡誰。

「在神戶的時候，就又有點不同了。她看到愛沙被甩，罕見地發了脾氣。不是單純出於同情，而是氣『事情不該是這樣』──就是對於『不誠實』而義憤填膺。那大概便是她懷抱的理想吧，只是不知道是怎麼培養出來的。」

……誠實。

認真、誠實──

「她不會像很多女生那樣，毫無根據地同情對方或產生同理心。無論是同情或是同理心，她都是有根據的。小生便是欣賞她這一點。因為這就表示，她能夠站在別人的立場思考事情──不是外界附加的社會性，她擁有發自內心的真正溫柔。你不這麼覺得嗎？」

發自內心的……真正溫柔。

是啊──沒錯。

否則，她也不會為了剛入學無法融入環境的家人，犧牲辛苦建立的形象。
否則，她也不會支持別人喜歡上自己的前男友。
否則，她也不會插手管朋友與青梅竹馬的關係。
否則，她也不會特地去找一個想寂寞獨處看煙火的男人。
否則，她也不會去擔心前男友憑空冒出的緋聞對象。
否則，她也不會為了讓班上的模擬商店辦成功而熬夜到那麼晚。
否則，她也不會去顧慮勁敵的身體狀況。
否則，她也不會因為學姊告白沒得到對方誠實面對而生氣。
否則，她也不會答應跟前男友一起住。

是啊——我知道。

這下得到證實了。
再現性已得到確認。
既然這樣——我應該知道。
知道接下來，在什麼樣的時刻，該有什麼樣的行動。
未來無人能預測，將來充滿未知數。
除了唯一一個人例外。

如果是這樣，我該針對什麼問題去思考、交出答案？

——我必須鐵著心腸，質問你的決心。

「小生能跟你說的就這些了。」

紅學姊放下了喝完的茶杯。

「你不喝嗎？」

學姊看著我那杯有點涼掉的茶，說了。

我端起它，仰頭一口氣喝乾。

茶還有點燙。

「謝謝招待。」

「得出答案了嗎？」

「沒有。」

我站起來。

「我會持續思考。」

伊理戶結女◆至今的序幕

事到如今只能說是年輕的過錯，不過我在國二到國三之間，曾經有過一般所說的男朋友。

我們在學校認識，心意相通，成為戀人，甜蜜了一段時間，因為一點嫌隙而互相誤解，煩躁不耐變得多過於怦然心動，於是趁著畢業時分手——

——然後，成為了一家人。

話雖如此，當下其實我還沒有那種自覺——畢竟那時我才剛從國中畢業過了一星期左右。

那時我還沒習慣每天早上戴起隱形眼鏡，或是頭髮不綁披散著出門走動。那是一段慢慢讓自己放下過去、煥然一新的時期。

所以，以時機來說或許很完美吧。

正適合讓我搬出多年居住的公寓，遷入伊理戶家。

——呼。

看著整齊塞滿書櫃的書，我感到心滿意足。房間比之前那個家寬敞多了，讓我放得下足足三個書櫃。光論這點，就可以說搬家這個決定是對的。

只是，過去的我加了個但書。

——唯一的缺點是，那個男人的房間就在我隔壁。

明明是我自己做的決定，真是不乾不脆。可是，那時的我只能這麼做。面對與剛分手的前男友住在一起的矛盾環境，我只能用不友善的態度來調適內心衝突。

我就明說了。當時的我很討厭水斗。

我們那時完全不是兩情相悅。至少在內心的表層是如此。

即使讓現在的我來分析，也很難正確說明我當時的心境。我一看到水斗那張臉就火大想開罵是事實，可是在一些不經意的瞬間會怦然心動，心情彷彿回到了從前也是事實。

只是，我那時必須讓兩種感情黑白分明，才維持得住自我。所以，我告訴自己，我討厭他。

因為——我們已經分手了。

對，我們不是因為討厭對方才分手。是分手了才討厭對方。

即使如此，還是有留下一些事物。所以我才會答應一起住，所以我們才會成為一家人。

我跟水斗的話，絕不可能再發展出男女關係。

這份信賴，促使我們成為了一家人。

真是夠天真的想法。事後想想我才這麼覺得。

搬來的第一天，所有的一切都很新鮮。寬敞的房間很新鮮，樓上樓下移動也很新鮮，一家四口一起吃飯，還有洗澡刷牙什麼的，總之生活中的每一件事都很新奇。

感覺有點像是到人家家裡過夜——完全無法想像這樣的生活，今後將會永遠持續下去。

而所有事情當中，最讓我感到新鮮的是——

——……啊。

——啊……

我在一樓走廊撞見水斗，我們都當場僵住了。

不只是撞見。

我們都穿著睡衣。

水斗穿著一點都不可愛的灰色長袖針織衫，一整個俗到不行。雖然他本來就不是愛打扮的類型，但因為國中時期的我透過少女心濾鏡把水斗放大成了超級大帥哥，所以現在這樣一看覺得落差很大。

而我自己也是，印象中並沒有讓水斗看過幾次我穿睡衣的模樣。硬要說的話只有我感冒他來探病的那次，但我現在的體型跟那時候完全不能比，更何況我那時發高燒腦袋一片模糊，不記得太多細節。

都在一起那麼久了——原來還有我所不知道的一面。

彼此凝視了幾秒後，是我先回過神來。

——……你在看哪裡？

我抱住自己做出遮胸動作，後退一步。

水斗隨即別開目光，說：

——我沒在看哪裡，少在那裡自戀。

——都認識多久了還以為能騙過我？你這悶騷色狼。

——我不記得妳有讓我變成過色狼。

……是啦，我們感情很好的時候，我還是個水桶型身材的矮冬瓜啦。

——我真同情你，不能碰長大成人的我。

——真佩服妳能變得這麼會自我肯定，妳這陰險邊緣女。

——從今天開始就要住在同一個屋簷下了，你可別半夜來襲擊我喔。

——講這話也太刻意了吧，是等著我來嗎？

互相講話帶刺，酸言酸語。

這種節奏感也很新鮮，距離感也很新鮮。

原來如此，面對前男友，這麼做就對了。
今後的我們，只要用這種方式相處下去就行了。
——那就這樣。
——那就這樣。
我們像不歡而散地擦身而過。
像是再也不見似的轉過身去。
可是，彼此又不約而同地說：
——……晚安。
——晚安。
就這樣，這段關係開始了。
不再是男女朋友的我們，建立的新關係。
這段關係將會讓我們知道在一起時無法知道的，對方的真實面貌。

伊理戶水斗◆今後的解答

事到如今只能說是年輕的過錯，不過我在國二到國三之間，曾經有過一般所說的女朋友。

我們在學校認識，心意相通，成為戀人，甜蜜了一段時間，因為一點嫌隙而互相誤解，煩躁不耐變得多過於怦然心動，於是趁著畢業時分手——

——然後，成為了一家人。

還記得結女與由仁阿姨搬來的那天晚上，我輾轉難眠。跟結女住在同一個家裡，這種粗糙惡夢般的狀況帶來的非日常感受，以及不知道今後能否巧妙隱瞞我們過往關係的不安心情雙雙縈繞我的腦海，不允許我用睡眠逃避。

而最讓我心亂如麻的，是結女整個人的模樣。

也變太多了吧。

明明就只是拿掉眼鏡、放下頭髮，並沒有什麼戲劇性的變化，看起來卻跟我交往過的綾井結女簡直判若兩人。

儘管我們還在交往但沒有碰面的時候，我也曾經覺得「她是不是長高了？」或是「胸部好像變大了？」諸如此類，但她那樣改變造型展現在我面前，還真令我困惑不已。然後再加上跟我以前交往的女人不像是同一個人的牙尖嘴利，更是迷惑了我的認知。

真佩服雙方見面時，我能一眼就認出她是綾井。

也許是因為我真的就近看她的臉看得夠多——不，我想不是。我一直以來看著的不是她的長相，是臉色。不是盯著她看，是在察言觀色。

戀愛這檔子事，說穿了就是互相揣測心思，對方在想什麼，想要什麼，期望什麼，都得自己不斷地擅自猜測想像做解釋。而我再怎麼說也有大約八個月通過這項測試沒犯什麼大錯，我想沒有人在觀察綾井結女的臉色上比我更在行。

但是我所說的，純粹只是綾井結女的狀況——

——嗯啊！

隔天早上，我整晚沒睡好，好好的春假竟然上午就起床，結果在盥洗室碰上了正在刷牙的結女。

那傢伙把牙刷塞在嘴裡，不知為何驚愕地看著我的臉，後退一步。

——……？早安。

——早……早彎……

恰巧洗臉台空出來了，我走到那邊去。我心想說不定可以睡個回籠覺，於是先不洗臉，直接拿起牙刷與牙膏。

接著我開始刷牙，但覺得有件事很奇怪。

鏡中的結女仍然銜著牙刷，動也不動地一直瞪著我。

她在幹嘛？又沒在刷牙……如果刷完了，趕快把嘴巴漱一漱就好啦。

我刷完牙，都倒水漱完口了，那傢伙還在瞪我。

——嗯！

她對著盥洗室的門口揚了揚下巴。

看樣子是在趕我出去。

——妳幹嘛啊？我可沒必要讓妳這樣頤指氣使的。

頤指氣使是這樣用的嗎？

——嗯！

——先漱完口再說話啦。妳幹嘛突然這樣？

——……嗯〜〜〜！

結女心有不滿地發出低吼，然後乾脆豁出去了似的跺著腳，衝到洗臉台前，咕嘟咕嘟呸！飛快地漱好了口。

接著她拿起毛巾擦擦嘴，鬧彆扭般地說：

——……我就不想在你面前漱口啊，不行嗎？

——……為什麼不想？

——從嘴巴裡把水吐出來不好看嘛！你為什麼就是不懂啊，笨蛋！

結女撂下這句話，就怒氣沖沖地離開了盥洗室。

……不是，誰會懂啊？

妳不講我怎麼知道？

就算我是觀察妳臉色的專家，這也——

——對，我不說妳不會知道，妳不說我也不會知道。

仔細想想，我們一直以來的溝通方式都是寡言少語。總是其中一方自動顧慮對方的心情，就好像爭相較勁般互相揣測，從來沒有好好對話過，都是遇到什麼問題——問題意識

——再看著辦。

這種關係，是不可能長久的。

能撐八個月就不錯了。

從八月底開始，到了四月就逐漸產生摩擦。

從三月底開始，到了十二月就會面臨極限。

如果暑假去逛祭典呢？

如果耶誕節準備禮物呢？

如果情人節互送巧克力呢？

就連這種ＩＦ都是錯的。在期待這些行動的效果之前，有更重要的事等著我們去做。

任何小說都不會只有行間空白。
沒有文字，那就只是一張白紙。
我們首先該做的——應該是坐下來好好談。
假如真有答案……
這就是唯一僅有的完美解答了。

伊理戶水斗◆一翼之鳥無法展翅

從學校回到家裡一看，似乎沒有人在家。
老爸跟由仁阿姨應該還在上班，現在一定正在努力完成今年最後的工作吧。
結女……就不知道了。我對那傢伙的了解，沒深到能推測出她的所有行動。
不過，我覺得這也沒什麼不好。我真正需要知道的，是她更深層的部分。
我走進睽違一日的自己房間。也才一天而已，不會有什麼大改變。就是放眼都是書本，

我最熟悉的那個雜亂空間罷了。

我想起了在這個房間裡發生的，最新也是最鮮明強烈的記憶。那時結女穿好凌亂的衣服，一邊道歉一邊離開這個房間——

記得那時，她手上什麼東西都沒拿。

我低頭看看床邊，然後掀起棉被。沒有東西。視線落到地板上，還是沒有東西。也就是說——

我趴在地板上，探頭看看床底下的空間。

——找到了。

我伸出手，把那個東西拿過來。

是一個有著緞帶圖案，手心大小的禮物盒。

我坐到床沿，打開盒蓋。

雕刻成羽翼造型的戒指，依舊散發著銀色光輝。

「…………」

我無意把它拿起來。

現在的我，不適合戴這枚戒指。

但是，我知道贈送戒指這樣的行為需要多大的勇氣。只要是有對象的人一定都想過，也許可以試著送戒指看看。然後每次都立刻打消念頭，告訴自己不要操之過急，應該說太給對方壓力了。一個學生就想送人家戒指，裝成熟也要有點限度——諸如此類。

的確，這或許是在裝成熟。但是對現在的我們來說，裝成熟也許有其必要性。我不知道結女有沒有這種想法，但我們被迫做出的決斷，確實是沉重到絕非一個學生所能承擔。

小孩子或是成年人。

學生或是社會人士。

跟這些標籤都無關，我們必須作為一個人——

作為一個獨立個體……

做出——決斷。

……這真的還能算是戀愛嗎？陷入熱戀，滿懷愛意無處宣洩。以一種明確的感情而論，這的確是戀愛。可是，我們要做的決定比這更大。不是為了當下這個瞬間的感情，這個抉擇將會決定我們今後的整個人生。

我們再也不能用分手當成退路。

這個選擇的意義，比能夠合法離婚的夫妻更沉重。

如果是言情小說，一做出抉擇就大團圓了。然而現實中的我們以後還有路要走。

還有未來要過。

今後長達幾十年的未來，能夠在年紀輕輕十六歲的時候就做決定嗎？

「——呵。」

真是愚蠢的自問自答。

那種事辦得到才怪。

誰敢說他辦得到，就證明了他沒用大腦思考。

我辦不到。

一個人辦不到。

我拿出了手機，然後在搜尋列輸入「戒指 羽翼」等，拿著禮物盒裡的戒指跟顯示的圖片做比對。

結束之後，我走到書桌旁，從抽屜裡翻出一個東西。

是名片。

上面寫的名字，是慶光院涼成。

我用手機撥打印在名字底下的電話號碼，拿到耳朵旁，聽著來電答鈴。響到第四聲後，聲音噗滋一聲中斷，換成一種沉穩的男性嗓音。

『你好，我是慶光院。』

「我是伊理戶水斗。」

我簡短地告訴他。

「可以請您介紹打工給我嗎？希望是可以在三天以內支薪的工作。」

伊理戶結女◆用真心換真心

從東頭同學家回到家裡，我在玄關看到了水斗的鞋子。

一看到的瞬間，我變得有點緊張。但同時也有點安心。

現在的我們，可以回到同一個家裡。

我知道這是一種依賴，但緣分永遠不會斷的事實，確實安慰了我的心。

……說得也是。既然這樣……

無意間，我發現到一件事。

不像從前，我們不再是必須有其中一方開口才能見面的關係。既然如此，反而……

水斗的房間裡似乎有人在，但我沒過去，直接走進自己的房間。

我想給自己一點思考的時間。
好讓我能稍微追上為我考慮了那麼多的水斗。
我想暫時獨處。
因為一旦我放棄思考，這段關係恐怕就要結束了。

——然後，過了五天。
這段期間，水斗總是上午就趕著出門。
我有時會被曉月同學她們或是學生會的哪個成員約出去玩，但大腦總是有一個部分在持續思考。
思考與水斗的關係。
思考東頭同學的才華。
思考媽媽他們的人生。
思考我自己的未來。
就連兩年後的大考都無法想像的我，怎麼有辦法預知未來？
即使如此，我還是繼續思考。

圓香表姊之前建議我把這個當成暑假作業，一點一點慢慢解決。她說我應該把家人或朋友這些第三者的事情擺一邊，先釐清自己的心意最重要。

那個時期已經過去了。

確定自己心意的階段已經結束，我開始考慮家人、朋友等周遭的問題。

即使如此。

即使如此。

即使如此——

十二月三十一日。

名為今年的過往時光，即將結束。

伊理戶水斗◆覺悟

「——你已經做好覺悟了？」

十二月二十九日。完成了一如我的請求，為期三天的業務之時，慶光院叔叔問了我這個問題。

慶光院叔叔幫我介紹的打工，是在他的公司打雜。像是整理資料、管理公司的零食櫃或是替包裹寫收件地址，總之就是與創作工作無關的所有雜務。他說他們公司規模小，有人負責打雜很有幫助。

雖然這是我第一次打工，幸好平常偶爾也會做點家事，準備文化祭的經驗也幫上了忙。而且即使只有一小部分，有機會參與遊戲公司的現場工作，也讓我吸取了超乎想像的寶貴經驗。例如可以用什麼方法讓埋頭工作的創作者休息等。

三天的新鮮體驗結束時，慶光院叔叔像是當成餞別般說了：

「俗話說士別三日刮目相看，現在的你跟半個月前見面時相比簡直判若兩人。我是否可以認為你已經掃除迷惘了？」

「……沒有。」

我搖搖頭。

「我想，沒有人是不迷惘的。就算是再厲害的天才也一樣……這個道理，您應該比我更懂吧。」

慶光院叔叔意味深長地笑了。

也許這個人說到底，的確是看透了一切。我接下來要說的話，他可能也全都早就料到了。

即使如此，我還是要說。

這就是我對於剛才那個問題的回答。

「迷惘是沒有辦法掃除的。我認為應該學會跟它相處。」

慶光院叔叔露出些許驚訝的神情，隔了一拍才做出反應。

「跟它相處？……而且不打算跨越它？」

「是的。要掃除或是跨越迷惘……恐怕只有如來佛祖才辦得到吧。」

半晌過後，「呵。」慶光院叔叔淡然一笑。

「不愧是愛書人，真是有學問的回答方式——說到這個，『覺悟』原本好像是佛教用語。」

亦即滅除迷惘，證悟真理。

對於活在苦界的我們來說，這個道理還太遙遠了。

「慶光院叔叔，以前我聽結女說過，她喜歡推理作品，似乎是受了您的影響。」

「嗯？喔——我還在當學生時也很迷推理。」

「您最喜歡哪一部推理作品？」

明明彼此都是愛書人，這卻是三天來頭一次聊到這個話題。

慶光院叔叔猶豫著沉吟，說：

「這個問題真難回答……不過，這麼說吧，如果從結局來說，我個人最喜歡的——或許是《不會笑的數學家》吧。」

——林間學校的那一晚，我初次結識綾井結女的時候，看的也是這本書。

「這個選擇有點獨特。同一個系列的話比較常聽到的選擇應該是《全部成為F》吧。」

「我喜歡那個結局，它彰顯了科學思維的精神……唔。」

慶光院叔叔自己說完，忽然沉默不語了。

大概是有所自覺了吧。發現自己現在說出的話，與我的回答具有相同的意涵。

「……你講贏我了。」

「只是湊巧而已。」

「那我就問個問題當作反擊吧。水斗同學，你最喜歡的推理作品是？」

「《COSMIC》。」

「……哈哈！所以是『絕對無法解開的謎團』了──」

我還是覺得，我跟這個人可能有點相似。

慶光院叔叔輕嘆一口氣，眼光飄向遠方。

「……我要是能早點找到與你一樣的答案──不，這種想法不應該。年紀一大就會變得很喜歡後悔。」

然後，他向我伸出了手來。

「加油。像我這種枯燥無趣的大人能對你說的，也就這樣了。」

「是。您放心，我會的。」

我們握手了。

為了與曾經作過的惡夢，以及今後即將擁有的夢做個了斷。

伊理戶結女◆最後一天・其一

今年的最後一個早晨，以一個不好不壞、平凡至極的清醒方式作為開端。

我在床上睜開眼睛，就這樣發了片刻的呆。自從加入學生會以來，變成常態的忙碌生活說結束就結束，似乎讓我整個人頓時虛脫了。

不過，也不會怎樣吧，就今天一天。

我帶著這種想法在被窩裡縮成一團，不可思議的是大腦反而漸漸清醒過來。睡不著卻窩在床上也滿無聊的，我溜出了被窩。霎時間，冬日的冷空氣往身上扎，讓我立刻就想鑽回被窩。我努力克制住這份欲望，打開空調。

在房間變暖之前先去洗臉好了。我站在穿衣鏡前稍微整理一下亂髮，然後穿著睡衣走出了房間，下樓進入盥洗室。

我在盥洗室打開熱水水龍頭，稍微等一下。等水變熱了，再水聲嘩嘩地洗臉。接著拿化妝棉沾些化妝水，擦拭整張臉。順便檢查眉毛的形狀。看起來沒問題。

我一邊感受到肌膚正在吸收化妝水，一邊刷牙。唰唰嘶嘶地仔細刷，臼齒後面也沒遺漏。

刷到一半，盥洗室的門打開了。

是把頭髮睡亂了的水斗。

我轉頭看他，銜著牙刷說：

「早彎。」

「早安。」

我倒一杯水，含在嘴裡噗咕噗咕地漱了口。然後呸一聲吐出牙膏水，邊擦嘴邊把位子讓給水斗。

然後沒發生什麼事，我回到了自己的房間。

我在用空調烘暖的房間，從衣櫃裡挑選今天的衣服。沒必要太費心挑選。最後，我選了百搭的女生襯衫，以及舒適的長裙。我把它們先放在床上攤開，然後脫掉上半身的睡衣。

啊，對了，胸罩也得換。我上半身只穿著一件晚安內衣，從抽屜櫃裡挑選胸罩。

目前……並沒有打算要露給某人看。

——但是……

「畢竟是……最後一天嘛。」

今年的最後一天。

是我對自己立下誓言的最終期限。

今天不一決勝負，更待何時？

我拿出了瞞著媽媽偷偷買的，邊緣有著繁複刺繡花紋的可愛胸罩，以及成套的內褲。

脫掉晚安內衣，我謹慎地把胸部塞進新胸罩的罩杯裡，調整好位置。

只不過是做這個動作，就讓我感覺精神為之一振。

就這樣，日常生活開始了。

對我來說，這是關乎勝負的日常生活。

伊理戶水斗◆最後一天．其二

上午時間，我懶散地看書度過。

我重讀了《Y的悲劇》。這是在日本大受歡迎的多魯里．雷恩系列第二集。全聾的退休演員多魯里．雷恩有時展現精密敏銳的推理頭腦，有時沒有。

讀完全書最後揭曉的驚人真相，我每次都產生相同的感想：

心裡有任何想法，一定要跟別人說清楚才行……

我跟伊佐奈聊起類似的話題時，那傢伙這麼說了：

「就像OVA版的『機械巨神』一樣嗎？」

「什麼東西？」

「就是一個因為沒有好好留下遺言，結果搞得世界大亂的故事。」

後來一查才知道，是個年代有夠久遠，只有骨灰級觀眾才會知道的動畫。那傢伙怎麼會去看那種作品？

總而言之，看來不管是哪個時代或世界，溝通不良總是會喚來悲劇。如果說推理作品的殺人動機有一半都是戀人遇害，可以說另一半原因就是溝通不良——好吧，有點言過其實了。

我把《Y的悲劇》放回書櫃上的原位，走到書桌這邊，打開最上面的抽屜。

兩個手心大小的禮物盒一起收在裡面。

我仔細關起抽屜，然後才離開房間，下到了一樓。接著若無其事地到客廳一看，結女坐在暖桌旁看電視，老爸在餐廳看書，由仁阿姨在廚房煮東西。

「啊，水斗。我在下烏龍麵，你要吃嗎——？」

她從廚房問我。我歪頭不解。

「阿姨屬於不吃跨年蕎麥麵的那一派嗎？」

「有什麼關係？一天吃兩頓麵也不會怎樣嘛～大家一天還會吃三頓白飯呢。」

好吧，如果把兩者都視為主食，或許是該用同一種標準來衡量。

「我要吃。」我回答後，過去坐進電視機前的暖桌。

先到的結女往我看過來，「欸。」找我說話。

「你都習慣什麼時候去新年參拜？」

「什麼時候？」

「一過十二點就去，熬夜到清晨再去，還是先睡覺，到了明天中午左右再去。」

「要這樣問的話，我習慣根本不去。」

「真是不敬神。」

「妳又有在信神了？」

「……說得也是。」

沒什麼好信的，就是個把我們整成這樣的混帳。

我拿起放在暖桌正中央的橘子，但想起馬上就要吃午飯了，又輕輕放回去。

「妳們家呢？」

「記得都是在元旦上午跟媽媽一起去吧。」

「光聽就一堆人……」

「反正都要人擠人，半夜去說不定更好玩。」

「妳今年可以跟朋友一起去吧？」

「嗯。不過過年嘛，我也想跟家人一起去。」

「家人啊。」

前年——不對，還是去年——記得我好像是初三還是哪天，跟綾井一起去過。因為明明沒有朋友卻在元旦出門怕家裡起疑。

……那時候，我向神明許了什麼願望？

「你都沒有計畫嗎？比方說東頭同學或川波同學他們。」

「伊佐奈跟我是同一型。川波很了解我。」

「是喔。不過川波同學感覺好像還有很多其他朋友。」

「南同學也是吧。」

「她跟我說凌晨兩點左右集合，你要不要一起來？」

「讓我去那裡如坐針氈妳很開心嗎？」

「呵呵。」

「——你們兩個～！烏龍麵煮好嘍——！」

「「來了——」」

我們愉快地從暖桌迅速站起來。
無論新年參拜去或不去，我們在那之前都有事情得先解決。
今年的髒汙今年清。
一輩子一次的大掃除開始。

伊理戶結女◆最後一天．其三

剛吃完午飯，曉月同學就打來了。
「是，妳好——」
『結女～現在方便嗎～？』
「嗯，方便。」
我一邊把手機放到耳邊一邊離開餐桌，再次把腿塞進暖桌。
我慵懶地靠著背後的沙發，聽曉月同學說話。
『妳現在在幹嘛——？』
「剛剛吃完午飯。」

『哦，吃什麼～？』

「烏龍麵。」

『跨年蕎麥麵？』

「的前菜，好像是。」

『咦——？還有這種的喔？』

「曉月同學呢？」

『我家就普通吃炒飯。』

「妳做的？」

『媽媽做的！說是除夕好歹幫家人煮頓飯——』

曉月同學平常總是不在家的爸媽，看來最起碼除夕會待在家裡。

『結女跨年要看什麼？』

「什麼看什麼？」

『就是電視啊直播之類的。』

「嗯——沒有特別決定。」

『妳對紅白沒興趣啊？』

「那些歌手我都不認識啊。」

『因為妳比較少聽音樂嘛——』

「自己都覺得不太像女高中生……」

『唱卡拉ＯＫ也都是讓我來點歌！』

「總是讓您費心了……」

『啊哈哈！』

「總之只要看得到跨年倒數就可以了。」

『妳很重視這個呀？』

「不覺得這樣才有跨年的感覺嗎？」

『啊——我好像能理解。』

「一不注意發現日期已經變了就會覺得很吃虧。」

『我懂我懂！』

水斗離開客廳了。我聽到他上樓的聲響。

「去年我是看到ＬＩＮＥ的賀年訊息才發現已經新年了。」

『結女是新年快樂搶頭香型？』

「有人不搶頭香的嗎？」

『料到網路會塞爆的話！』

「嗯——……今年可能會走當面道賀路線。」

『也是啦，等一下就會碰面了。』

「兩點對吧？」

『嗯！對啊對啊——啊！』

「怎麼了？」

『我打來就是為了這件事！』

「啊，原來是這樣啊。」

『對呀。跟妳說喔——奈須華的媽媽好像願意開車載我們，既然機會難得，大家在討論要不要乾脆遠征北野天滿宮——』

「咦！那很棒啊！」

『哦，好像很有興趣？』

「我每年都很嚮往，可是覺得新年跑去太遠了，就放棄了。」

『畢竟走路要一小時嘛——那就決定嘍？』

「嗯，就這麼決定！」

『ＯＫ——那就兩點在烏丸御池的十字路口集合！』

水斗來到客廳了。手上拿著文庫本。

他快步走來，把兩條腿塞進暖桌。腳尖從旁伸過來，碰到了我的小腿部位。

「對了，妳不跟川波同學出去嗎？」

水斗在暖桌桌面上翻開文庫本。是《空中飛馬》。

『咦？幹嘛提到他——？』

「想說你們怎麼不趁新年參拜去約會？」

『少來了，才不去呢！』

「為什麼？」

『因為那傢伙走到哪都會遇到熟人啊。其實我也是啦。』

「哇～」

『幹嘛「哇～」一聲？』

「覺得陽光系好厲害。」

『哪有什麼啦——』

「可是如果是像北野天滿宮那種人多的地方，應該認不出來吧？」

『嗯——好吧，也是啦。』

我慢吞吞地挺起身子離開背後的沙發，偷看水斗看書的臉色。

『那妳那邊怎麼樣了？』

「什麼怎麼樣？」

『伊理戶同學呀。他耶誕節好像到川波家去過夜了——』

「啊，跟我想的一樣。」

『妳不知道喔？』

「只知道他不在家。」

『伊理戶同學也真是沒搞懂狀況——！難得的耶誕節竟然讓結女獨守空閨！』

「我們不是受邀去會長家的派對了嗎？」

『是沒錯啦——』

我感覺照曉月同學的個性，這樣講話有點拐彎抹角。

就好像有事情放在心上，卻不好意思直接問。

「曉月同學覺得不滿意？」

『嗯——也不是說不滿意——』

「因為沒能跟川波同學一起過？」

『哪是啊！……沒有啦，我只是覺得……』

看吧，開始了。

『伊理戶同學還有結女，都好像有心事……我有點擔心。』

曉月同學真的好善良。

我們妨礙她跟喜歡的人一起過耶誕節，她卻為我們擔心。

「我們沒事。」

為了讓這個摯友安心，我堅定地說。

「一定會沒事的。」

雖然未來不可預測。

但現在的我有種沒根據的自信，讓我相信情況不會變得太糟。

『這樣啊……那就沒關係。』

曉月同學沒再追問下去，說了：

『那就兩點！烏丸御池見！』

「嗯，我記住了。」

『走夜路很危險，要讓伊理戶同學送妳過來喔！』

「……好。」

我也希望他願意送我。

『那就這樣嘍！拜——！』

「拜。」

等對方結束通話，我才把手機從耳邊放下。

我覺得聊得有點累了，又往後靠到沙發上時——

「……我說啊。」

一個粗魯的聲音，低調地撞進我的耳朵。

「什麼事？」

我靠著沙發抬起頭來，往水斗看去。

水斗闔起了文庫本的書頁，注視著我的臉。

「…………………」

「小峰啊，家裡雜煮都是放白味噌嗎？」

「…………………」

「嗯——？我想應該沒有特定要怎麼煮，我媽好像就是用白味噌。」

餐廳那邊傳來媽媽他們的聲音，穿插在我們的沉默之間。

水斗轉頭瞄了那邊一眼。

也許意思是……在這邊不方便說。

水斗眼睛轉回來對著我，開口想說什麼，又閉起了嘴巴，頭略微低下去。

然後他再次盯著我的臉看，這才終於把話說出口了：

「晚上要去新年參拜的話，趁現在睡一下會比較好。」

「……是嗎？」

「結女同學平常不是都很早睡嗎？」

結女同學。

這樣稱呼，表示他把我當成家人。

緊張感一解除，腦袋忽然變得昏昏沉沉的。可能是因為剛吃飽，或是暖桌太暖和了，睡魔開始來壓住我的眼瞼。

「不要在這裡睡著喔。」

「……嗯，好……」

「午睡起來之後……」

我稍微清醒了一點。

「給我一點時間。」

……嗯。

我在腦中回答他，然後打起精神，溜出了暖桌。

「我……也有一點事情，想跟你說。」

還有一點事情想道歉。

這段對話，我們都有控制音量。我飛快地看了一眼餐廳裡的媽媽他們，感覺都沒在聽我們說話。

「結女同學，妳如果有這個作者的其他作品，可以借我看嗎？」

水斗拿起《空中飛馬》，突如其來地說了。

「好，你晚點來我房間拿。」

這是為了保險起見做的偽裝。

是為了讓我們倆獨處也不顯得可疑的伏筆。

我走出客廳後，上樓進入自己的房間。

我怕午睡把頭髮睡亂很麻煩，就像平常那樣綁成兩束。衣服……反正晚上會換，沒差吧。

我仰躺到床上。

望著天花板，輕嘆一口氣。

然後，開始思考。

思考今後的事。

以及我們的事。

伊理戶水斗◆比翼鳥・其一

據說在以前的日本，結婚就像是兩個家族的合併。

當時普遍盛行家族制度，簡單來說整個家族就像是一個以父親為執行長的企業，因此結婚是促進不同的家族＝企業緊密聯繫，讓兩家日漸壯大的一種經濟戰略。所以結婚對象當然都是由父親決定，女校也才會那麼一本正經地教學生插花、彈琴等的新娘修行課程。

即使從自由戀愛的時代來看是蠻橫無情的制度，從當時的世局來看卻也有它一定的合理性。事實上，以這種方式結合的夫妻，應該無法像現代的夫妻這麼容易離異——即使對另一半有所不滿，也會出於無奈而處處忍讓，抱持著耐心與對方相處到後來，也許就慢慢萌生了某種牽絆。

我敢說那樣比較好嗎？

比起現在這樣必須出於自我意志，憑藉個人裁奪從零開始，我敢說像過去那樣讓家人擅自幫我找個適合的對象比較好嗎？

……我也不曉得。要等到真的發生了才知道。

至少以那種情況來說，我的人生沒有自由。就連結婚這種人生大事都能丟給別人想辦法了，所以說到底，那不過是拿自由當代價買輕鬆罷了。

自由並不輕鬆。

我一直在照顧東頭伊佐奈這個我認識的人當中最自由的傢伙，所以我知道。那傢伙以自由做交換，背負了其他高中生不用背負的各種辛勞。

例如上體育課時找不到人分組，借不到功課可以抄，或是沒人可以借課本——

直接說她是邊緣人很簡單，但那傢伙藉由省略了人際關係這一塊，獲得了別人沒有的才華，而且現在正在讓它成長茁壯。儘管不是所有邊緣人都能像她那樣，但她省下了原本要分配給人際關係的資源，用來投入其他事情是無庸置疑的事實。

一切都是在權衡得失。不付出代價就什麼也得不到。

崇尚自由需要相對付出努力。說自己不受常識與刻板觀念束縛囚禁很簡單。那請問你能夠靠個人力量從頭建立起自己的常識，或是重新打造不受任何事物影響的立場觀點嗎？

誰也不敢這樣打包票。開拓者是成功了才會獲得讚賞。而他們的成就究竟算不算得上成就，也要等到很久以後的將來才有定論。就像克里斯多福·哥倫布是偉大的探險家，但同時也是最殘酷的屠殺者。

要試過才知道。

而且需要勇於嘗試的覺悟。

亦即滅除迷惘，證悟真理——有所覺悟不只是口頭立誓。不是魯莽地跟人做出不一定能實現的約定。

誰敢保證我跟結女在一起，絕對不會分手？

明明都已經——分手過一次了。

如果是第一次交往，魯莽地約定終生也沒什麼不可以。那是無知導致的幼稚。但是我們已經知道了。

戀情總有一天會結束。

愛情總有一天會冷卻。

天底下沒有永恆不變的戀愛。

我想，可能沒有任何例外。兩個他人相依相守個幾十年，怎麼想都不可能從來沒有討厭過對方。

但我要說，即使如此……

你還是敢這麼說嗎，伊理戶水斗？

無論是健康或疾病、快樂或憂愁、富裕或貧窮，你願意尊重她，與她互相安慰，互相扶持，於有生之年——

明明還只是個高中生。

——你願意發誓，對她忠實相待嗎？

真是個蠢問題。

我已經問過自己好幾遍了。

我已經回答自己好幾遍了。

所以我可以斷言，這問題蠢透了。

蠢問題。

這還用說嗎？當然辦不到了。

伊理戶結女◆比翼鳥・其二

十六年。

才短短的十六年。

我出生在這世上……

水斗出生在這世上……

到目前為止，才過了短短十六年。以我們相遇到現在來算的話，怎麼算最多也就三年。有一些情侶交往的時間比我們更長都沒結婚了，我們才共度了三年時光，怎麼有辦法約定終生？

只是嘴上說說而已。

只是一時的迷惘。

我很清楚，這只是心情隨著青春期波動起伏罷了。

如果是愛情小說的結局一定很美好。兩人心意相通，約定長相廝守，到了下一頁就直接跳到婚禮，小倆口從此過著幸福美滿的生活，可喜可賀——

現實人生不是這樣。

反而應該說，看愛情故事總是在這裡結束就很明顯了。再來就沒有劇情了。之後不會有令人心跳加速的戀情，也沒有熱情如火的愛意。物極必反。誰也不想看到原本那麼纏綿悱惻的熱戀變得原地打轉逐漸失色，所以故事才會在那裡結束。

故事的最後一頁，就好像相簿裡的照片。維持著美麗的模樣保存下來，漸漸地被流逝的時光拋下。

世上沒有永恆。

我敢肯定，有的只是不斷的變化。

只有能克服一切變化的人，才能過完幸福的人生。

我越想越覺得這是一條艱辛的路。其實，我應該要更審慎地觀察事物的本質。應該要花上更多更多的時間，絞盡腦汁思考如何才能平安走完人生這條險峻的道路。

十六年太短了，不夠用。

僅僅三年一點幫助也沒有。

我想，大概很多長輩都會說一樣的話吧。妳應該再多想想。妳還是學生，等出了社會再考慮也不遲。每一位長輩，都會對我淺薄的想法提出忠告。

這些大道理我如果可以充耳不聞，不知道有多輕鬆。

我如果可以沉醉於當下的感情，被非日常的氣氛沖昏頭……

對，就像那個耶誕夜——如果能像那樣衝動行事。

心情大概會爽快無比吧。

可是，那都是假的。被耶誕節或是浪漫夜景餐廳那種不一樣的氣氛哄抬出的誓言，不可能會持久。

我們所需要的……

是在稀鬆平常、理所當然的日常生活中，用最自然的狀態——

即使如此，還是要做。

——以這種心態，下定決心。

所以，我沒有在這個決勝日安排約會。

我想要的，不是剪下的一片美麗回憶。

而是在最後一頁結束後，還能繼續翱翔的另一隻翅膀。

伊理戶水斗◆比翼鳥·其三

有一種生物，叫做比翼鳥。

這種只有一翼的鳥，必須雌雄相得才終於能夠並翼飛行——

結論是，我真的是比翼鳥嗎？

我從來都不這麼認為，一直以為我可以獨自過活。

可是，如果是這樣……

那我和結女一起看煙火的時候，為什麼會不禁落淚？

我到現在還是不太明白自己那時候的心境。是喜極而泣？還是安心的眼淚？我只能確定那不是出自負面情感，但無法正確剖析當時的心理。

如果問結女——她會懂嗎？

如果問在我落淚時，吻了我的結女？

人類其實比自己想像的更不了解自己。就連慶光院叔叔那樣的人，在孩子出生之前都不知道自己的天性了。

我已經確定了自己的人生方向。

可是，我無法回頭顧慮一路前進的自己。

除非——有人看顧著我。

這算是依賴心理嗎？就像老舊過時的家族制度一樣，我是否想以自己為中心建構一個家庭？

不。

我知道。我知道結女的為人。

我知道過去那個無法跟人正常交談的她，也知道如今稱職地擔任學生會成員的她。

她是不可能只當個賢妻良母的。

不是為了我，也不是為了結女。

是為了我們倆。

我認為，我們確實需要一對翅膀。

伊理戶結女◆來吧，我心意已決

我醒轉過來。

伊理戶水斗◆談話時間到了

我闔起了書。

伊理戶結女◆兄弟姊妹會議・引言

時針指著下午五點。

我睡過午覺醒來，解開綁起的頭髮，用梳子梳整齊。我一遍又一遍仔細地梳，不留下任何打結的地方。

梳著梳著，有人來敲門了。

「來了。」

我放下梳子，從屋裡開了門。

果不其然，水斗在走廊上等我開門。

水斗帶著觀察意味看我的臉——

「現在方便嗎？」

這麼說了。

我輕輕整理一下瀏海，

「嗯，我已經清醒了。」

這麼回答。

然後，我探頭看看水斗的背後——走廊的另一頭。應該沒被媽媽他們看到。

「進來吧。」

我邊說邊讓路，請水斗進了房間，然後關起門。

水斗腳步平穩地走進房間裡，到底下鋪了地毯的茶几旁坐下。我本來也想在那邊坐下……

「啊。」

「嗯？」

水斗轉頭看我。我對他說：

「我可以先去拿茶嗎？睡醒了覺得口渴。」

「嗯……的確是會口乾舌燥。順便幫我拿一下。」

就這樣，我走出房間，下到一樓來。

媽媽跟峰秋叔叔坐在客廳的暖桌裡放鬆，沒有特別注意到我。我趁機眼明手快地拿了兩個杯子，從冰箱裡拿出泡好擺著的焙茶。

我兩手拿著這些東西，回到二樓的房間。

「嘿咻。」

然後把兩個杯子與整壺焙茶放在桌上。

我隔著桌子坐在水斗的面前，把焙茶倒進杯子裡。放下茶壺後，水斗也給自己倒了一杯茶。

我一口氣喝掉半杯，水斗一口也沒碰。

可能會談很久。

就算現在不喝，等到談話結束時，杯子大概也已經空了。

「……………………」

「……………………」

滴答，滴答。

有一段時間，只有時鐘指針的聲音獨自高談闊論。

這是在計算時機。想找到適合開始談話、呼吸變得平順的時機。

誰應該第一個開口，我早就知道了。

我放開擺到桌上的杯子，緊緊捏住膝蓋上的裙子。

然後——我直直地注視著正面水斗的臉，說：

「——上次，真的很對不起。」

說完，我低頭賠不是。

「那樣做，太欠缺考慮了。都沒想過你有多認真看待這個問題——」

輕舉妄動——事到如今，我覺得只能如此評斷那時的行為。

四個月前圓香表姊建議我先釐清自己的心情，我想我可能有點弄錯她的意思。

聽她說眼下先不用考慮家人或朋友的問題，我竟真的變得只考慮到自己的心情。結果導致我對各種問題視若無睹，做出了那種性急的行動。

那次就算成功了，我之後又打算怎麼辦？

無論是我還是水斗，明明最不想看到的，就是只靠慾望聯繫的關係。

「……我才該道歉。」

看到我額頭只差沒擦到桌面，水斗尷尬地說了。

「我想，是我曖昧的態度把妳逼急了。我應該早點把自己的想法告訴妳才對。」

「……那也要怪我不聽你說話吧？」

我抬起頭來，挺出上半身越過桌子。

「你態度已經很明顯了，我卻說我不接受！對你說的話充耳不聞……！」

「但我還是有機會可以勸妳，要是我能冷靜一點。我明明知道妳一被逼到無可奈何就很容易行為失控——」

「我不就是在說我不該行為失控嗎！」

「一個人的個性哪有那麼容易改變啊！」

「當然可以改變！只要努力就行！」

「那樣叫做自我破壞啦，笨蛋！」

「…………………」

「…………………」

我們忽然間都默不作聲，注視著彼此的臉。

水斗的表情，像是一下子被講到詞窮了。

我的表情，大概也差不多。

「……這什麼狀況？還以為氣氛會更嚴肅的說。」

「我才想問咧。這樣簡直跟平常沒兩樣。」

但水斗又接了一句「不」，忽地露出小小的微笑。

「總覺得，令人有點懷念。」

……對啊。

我也覺得，好像很久沒這樣拌嘴了。

這一個月來，我只顧著追到水斗，忙著做表面工夫——可能一直都忽略了要用真實的自我面對水斗。

我縮回挺出的上半身，「呼。」輕嘆了一口氣。

「……那麼，我們重新來過，好好談談吧。」

不要搪塞掩飾。

不要畏首畏尾。

「假如我們決定交往，你覺得會怎麼樣？」

伊理戶水斗◆兄弟姊妹會議・關於交往之後

「不會有什麼改變。」

我這麼說了。

結女坐正姿勢，認真聽我說話。

「見面的次數照舊，稱呼與說話方式也照舊。最起碼從表面上來說，跟現在沒什麼不同。我猜會是這樣。」

「那你為什麼覺得這樣會很不妙？」

「開始交往的時候不會生變，分手的時候才會。妳回想一下以前的我們。當時那兩個花痴，竟然變成了現在這種講話帶刺的關係耶。」

「為什麼要以分手為前提啦？」

「不能否認有這種可能性啊。畢竟我們有過前科。」

「你是說有一就有二？」

「不知道。我的意思是雖然不知道，但賭注的風險太大了。」

「畢竟我們如果關係惡化，媽媽他們也會很為難嘛。」

結女的頭輕輕倒向一邊，長髮柔順地搖晃了。

「可是，我也試著想了一下。」

「想什麼？」

「我們有在媽媽他們面前吵過架，對吧？」

「……算是有吧。記得是在上學期的期中考？」

「對。可是那時，媽媽他們也沒說要離婚什麼的啊。」

「那是因為那次只是兄弟姊妹短期間鬧不愉快。」

「現在想想，那件事也顯示出了你的缺點呢。你擅自揣測我的想法，又擅自解決問題。讓別人來看的話根本不知道你在幹嘛吧？」

「妳很煩耶。不然是要我直接明講嗎？跟妳說『妳就算考不到榜首，朋友也不會離妳而去，所以我熬夜念書來證明這點給妳看』？」

「要是真的這麼說就遜斃了呢。」

「本來就是啊。」

「可是整件事說到底還是你一個人在耍帥，不是嗎？」

「……………………」

「我也是。入學後沒多久的那場騷動，也是我擅作主張。回鄉下看煙火的時候，也是我擅自跑去找你。」

「……我們……彼此似乎都太愛耍帥了。」

「嗯。」

「這種做法，是持續不了多久的。」

「嗯。」

「……好吧。是我不好，沒把話說清楚。所以呢？」

「回到正題，我的意思是即使我們兄弟姊妹之間暫時不和，媽媽他們也把那當成了家庭生活的一部分，不是嗎？」

「那種情緒激動的吵嘴，跟情侶分手的尷尬氣氛不能相提並論吧。那等於是被人把社群網站隨便找都一堆的漆黑圖示分手帳號擺在眼前過日子耶。」

「什麼東西？漆黑圖示的分手帳號？」

我在Twitter的搜尋列輸入「我們分手了」，把搜尋建議列出的一大串前情侶帳號拿給結女看。

「……嗚哇……」

「妳不怕嗎？會害得由仁阿姨天天看到這種虛無喔。」

「……可、可是，我們剛開始一起住的時候不就等於是這樣嗎？」

「那時候……我們還能把那件事當成跟家人無關，保持沉默啊。」

「你是說，下次就不行了……？」

「先不論時機怎麼選擇，遲早都是要說出來的。假如偷偷交往，結果被看到一些百口莫辯的場面怎麼辦？那才會真的完蛋。」

「……什麼百口莫辯的場面？」

「當然就是……」

我不便直說「妳在耶誕夜差點幹下的事」。

結女自己愛問，又害羞地調離目光。但既然要談這點，就不能忽視那方面的問題。

「還是說，妳打算交往歸交往，但是什麼都不做？」

「我！……就……」

結女扭扭捏捏地抱住自己的身體。

我眼神嚴肅地注視著她這副模樣。

「……我沒有那樣想。」

結女目光游移，硬擠出聲音般說道。

「會做……會做……一些事。」

「……妳這個優等生，腦袋裡都在發春啊。」

「你很煩耶！自己擅長假正經就在那裡講我！」

「可以請妳不要血口噴人嗎？」

「都走到這一步了還以為騙得過我？我在你洗澡的時候闖進去那次……你明明反應就很明顯。」

「唔……」

……那次真的是一失足成千古恨……

「如果我們復合，先把持不住的一定是你。曉月同學也說『要男生忍住不色色比登天還難』。」

「她真會給妳亂灌輸一些觀念……」

「不過好吧，照這樣想來……要瞞一輩子或許是很困難呢。」

「任何事情都是吧。跟家人有祕密可不是件容易的事。」

「所以你覺得應該誠實說出來，得到他們的允許？」

「要先觀察情形一陣子，等關係穩定之後再說就是了……只是假設喔？我只是說假設。」

「我知道啦……他們會答應嗎？」

「不曉得。我沒遇過自己的小孩跟再婚對象的小孩變成一對的狀況。」

「就是啊……不知道會是什麼樣的心情……」

「完全超出我的想像範圍。只能說是未知的境界。」

「那好吧，假設我們已經獲准了。」

「拿假設做假設……」

「沒辦法啊……假設我們已經獲准了，那然後呢？」

「妳是說如果我們可以大大方方地交往要做什麼？」

「嗯。」

「這應該由妳來說吧。妳想做什麼？」

「這……你應該知道吧？」

「都幾歲了，還想再來一遍國中生的戀愛？」

「你、你想說什麼！你想讓我說什麼！」

「我想說的是，到頭來大概還是不會有什麼不同啦。我不是要學伊佐奈，但我也覺得交往之後會產生的改變，也就只有性接觸的與否罷了。」

「……才沒有那種事。」

「那妳說會有哪裡不同？」

「我會變成你的女朋友，你會變成我的男朋友。」

「啥？……同義反覆嗎？」

結女搖搖頭。

「這很重要……我想占據你身邊那唯一一個座位。」

……唯一的，一個座位。

這句話聽起來很耳熟。

那是我在答覆伊佐奈的告白時，說過的——

「你跟東頭同學都說，交不交往沒什麼差別。但我跟你們不一樣。我還是把它當成一種特別的關係。是其他事物無法取代的……特別關係。」

「……哪裡特別了？怎樣特別了？」

「也說不上哪裡特別……」

「……我不太能理解。」

「為什麼不能理解？平常明明猜我的想法都準確到肉麻的地步。」

這種責備般的口氣，搞得我有點火大。

「那要怪妳解釋得不夠清楚吧。請妳講得再具體一點，讓我聽得懂。」

「就說不是什麼具體的問題了……！你體會一下啦！好歹也有交過女朋友的經驗吧！」

「不懂就是不懂！不要強迫我跟妳產生共鳴！妳的女性思維真的有夠誇張耶！」

「這跟男生女生無關吧！」

結女尖著嗓子罵完，猛一回神閉起了嘴。

我也屏氣凝神，窺伺房間外的氣息。

吵架吵太凶，會被一樓的老爸他們聽到——我憋住呼吸觀察了一下，好像沒被發現。

我們鬆了一口氣，向對方使了個眼色。

「……我們先冷靜下來吧。」

「是妳一個人在爆發吧。」

「你以為是誰——哎喲好了啦，不可以這樣！」

好歹還能自己喊停，看來是有所長進了。

「……總之，這種關係對我來說很特別……或者應該說……」

她停頓片刻，斟酌用詞。

「我希望它……可以很特別。」

結女自然不造作地說了。

「因為我希望，對方可以用真心報答我的真心。」

——用真心報答真心，是吧。

雖然我還不是很懂……但好像能理解一點點了。

「……既然話都說開了，我就把心裡話告訴妳。」

為了用真心報答真心，我赤裸地告白：

「我可能是一被束縛就會嫌煩的類型。」

「……」

「就這點來說，從國中時期的經驗來看，妳是情緒一高漲就會給對方沉重壓力的類型。關於這點妳怎麼看？」

好比造成我們關係決定性破裂的那件事，也是如此。

雖說是我的行為先引發了那種狀況，但我只不過是跟其他女生講了幾句話，這女的就介意了半年之久。

我已經有了目標。

她敢保證她不會妨礙到我嗎？

不可能敢保證。從實際發生過的事情就能知道。

「……只要你不出軌就沒事了啊。」

結女鬧彆扭般地說了。

看吧，就是這樣。

「問題在於出軌的定義啊。講話就算嗎？」

「我不會再那麼離譜了啦！」

「那不然是？」

「…………嗯……嗚嗚～…………不可以牽手。」

「待在同一個房間裡呢？」

「只、只要完全沒碰到的話……」

「這妳要怎麼確認？鑑識指紋嗎？」

「──哎喲煩耶！反正就是在講東頭同學吧！」

結女不耐地說，喝掉了剩下的焙茶。

結女粗魯地把空杯子放回桌上，兩眼直瞪著我。

「我都已經查清楚了，把話挑明了說吧。」

伊理戶結女◆兄弟姊妹會議．關於東頭伊佐奈

「最近你好像時常流連於東頭同學的家嘛。」

我自己也覺得口氣漸漸變得像是女朋友在質問出軌的男友，但還是說了：

「你一開始說是去當家教，怎麼好像還照顧她的日常起居？」

「妳怎麼知道的啊……」

「她自己跟我說的。」

「妳去找過伊佐奈？」

「嗯，也請她讓我看了那些畫。」

「……然後呢？」

「我只有一個問題要問你。」

我伸出食指，筆直對準水斗的鼻尖。

「你……真的有自信不會對東頭同學出手嗎？」

「…………………」

「你沉默了。」

「讓我想一下啦。」

「這不就表示你還需要考慮？」

「…………妳說得對，是需要。」

「！……這麼乾脆就承認了？」

「話都講開了，我不會再有所隱瞞……我必須坦白，實際上的確有些時候，我會對伊佐奈產生性慾。這是可想而知的事吧。」

「講這種話還理直氣壯。」

「可是，妳也是知道的吧？那傢伙是真的很不會保護自己。誰看到她那樣能無動於衷啊。我也沒厲害到可以完全控制住自己的慾望啊……」

「東頭同學把你當朋友耶。你卻用下流的眼光看她，對東頭同學豈不是很失禮嗎？」

「我知道……所以我從不表現出來。妳知不知道啊？那傢伙在家裡更誇張耶。」

「怎樣的誇張法……？」

「上次她屁股都被鏡子照到了，竟然還沒發現……」

「嗄？你說什麼！」

「那傢伙說她沒洗澡，我就叫她去沖澡，結果她竟然給我忘了拿替換衣物。於是她就跟我求救，可是門後方有一面盥洗室的鏡子……」

我想起了在有馬溫泉看到的，東頭同學的裸體。

當時我眼睛忍不住直往胸部飄，但東頭同學其實全身都是豐腴的肉感體態，感覺摸起來一定很柔軟，還有臀部——

「……好色喔……」

「怎麼會是妳在興奮？」

啊！我急忙閉上嘴巴。

不對不對不對，我才沒有曉月同學或亞霜學姊那麼色。

「……總之——」

我重新打起精神，說：

「你跟這樣的女生每天待在同一個房間裡，真的敢保證不會出手嗎？」

假如我是男生，可能不到一星期就把持不住了。

不，就算不是男生也大概在第三天就會摸她了吧。像曉月同學跟亞霜學姊第一次見到她就出手了。

水斗困窘地用手摸摸脖子，說：

「……我不會出手。我只能基於我的意志這樣回答妳。」

「基於你的意志？」

「也許會一個不小心就碰到了。例如……這麼說吧，假如那傢伙將來學會喝酒，而且有時還耍酒瘋，到時候照顧她的一定是我吧？那樣我就不可能不碰到她的身體，也有可能需要替她換衣服……」

「你是在說一般所謂的幸運色狼嗎？」

「並不幸運好嗎？」

「真的？」

我半睜眼瞪著水斗。

「真的敢說不算幸運嗎？」

「…………唉。」

水斗頓時頹然垂首，嘆了一口氣。

「有什麼話真的要統統說出來就對了？」

「對，剛才不是就說了？」

「我不覺得幸運，反而會非常內疚，覺得自己很不應該。這……恐怕是因為心裡多少有點暗爽吧。」

「……你看吧。」

「什麼叫做『你看吧』？」

「如果你有這種感受，難道哪天不會忍不住主動去碰東頭同學嗎？」

目前要水斗去碰女生的身體，還有很大的門檻得跨越。因為我們還在交往的時候，我從來都沒有讓他做過那種事。

假如這個門檻，今後消失了呢？

從習慣演變而成的隨便，也許會用在與他距離最貼近的東頭同學身上——對，這個可能性絕對是有的。

「……我不知道未來會怎樣。」

水斗神色疲憊地說了。

「如果我和妳復合了——我是說假設。」

「嗯，只是假設。」

「假設復合了，我想我無法完全否定在某一條世界線當中，自己不會不慎跟伊佐奈出軌。雖然我或是伊佐奈都沒有那個意思，即使如此，人有的時候就是會鬼迷心竅。」

「……嗯。」

「對於這種可能性，我能做的只有兩件事。要不就是不斷強調『我不會亂來』，要不就是完全斷了與伊佐奈的關係。」

「…………………」

「只是，我不打算做第二種抉擇。與其要那樣——」

「——你寧可不跟我交往，對吧？我明白。」

「……只是假設喔。」

「嗯，只是假設……」

我也不想做出那種從東頭同學身邊搶走摯友的行為。

與其要那樣——對，我也不跟水斗交往了。

我不想把自己，當成那種心胸狹窄的人……

「總而言之，我能做的就只有不斷強調『我不會亂來』，並且請妳相信我。假如在不久的將來，人類發明出一種可以偵測異性間接觸的工具，妳拿來用在我身上也行。想要應付可能性這玩意，除了這麼做也別無他法了……妳明白我的意思嗎？」

「嗯……記得這好像叫做惡魔的證明？」

「沒錯。即使是現實當中調查外遇的徵信社，也只能調查『外遇的事實』，反之則不行。」

這傢伙什麼事都講得頭頭是道，討厭死了。難道不知道女生要的不是解決方案，是同理心嗎？這傢伙——明明就跟我交往過。

「……那麼……我打個比方。」

「好，打個比方。」

「假設你不是出於個人意願，是在不可抗力的狀況下不小心碰到東頭同學——那你會怎麼補償我？」

「…………只是假設對吧？」

「對，只是假設。」

「只是假設的話……」

水斗用焙茶潤了潤嘴唇。

「……那我問妳，妳想要我怎麼做？」

「不、不要反過來問我啊……」

「這個問題說到底，就是看妳怎樣才能諒解。所以罰則也應該由妳來決定。」

「……真的什麼事情都講得頭頭是道……」

「只是假設而已，別在意。」

「…………硬要……說的話……」

「硬要說的話？」

「也許我會希望……你怎樣碰她，就怎樣碰我……？」

水斗連連眨了好幾下眼睛。

然後歪唇哼了一聲，好像把我當成傻瓜。

「腦內發春女。」

「不、不是都說以眼還眼，以牙還牙嗎！」

「妳的法令遵循制度還停留在美索不達米亞文明啊？」

水斗長嘆一口氣，忽然看了看自己的手掌心。

「……我跟伊佐奈去漫畫咖啡店的時候啊——」

「咦？」

「我曾經一不小心，摸到了伊佐奈的胸部——意思是說在這種情況下，我也得摸妳的胸部嗎？」

「這個嘛……嗯，可以……這麼說吧……」

我越講越小聲的同時，「嗯？」偏了偏頭。

「怎麼覺得……這樣，好像都是你占便宜……？」

「我也是這麼覺得才會問妳。」

「還是算了！當我沒說！」

「就只是拿假設做假設啦，別太認真。」

水斗手肘支在桌上托著臉頰，說：

「……萬一發生那種狀況，我會用金錢跟時間表達誠意的。這才是適當的做法吧？」

「……既然你有答案了，不會早說啊……」

金錢，與時間。

先不管金錢……時間的話還滿開心的。

如果他用跟東頭同學相同，或是更多的時間……來陪我。

……雖然只是假設。

「世事難料。」

水斗看看喝到一半的茶。

「無論怎麼想，就是會變成拿假設做假設的臆測。即使如此……對我來說，有些事情是已經確定的。」

我注視著水斗的那雙眼睛。

「接著，就來談這方面的事吧。不是假設——而是現實中的人生問題。」

伊理戶水斗◆兄弟姊妹會議·關於往後的人生

「妳看過伊佐奈的畫了吧。」

我沒什麼特別用意地摸摸杯子表面，對正面的結女說道。

「所以，有從中得知了什麼嗎？妳知道——我的目標是什麼了嗎？」

「……首先，我得說聲對不起。」

結女缺乏自信地注視著桌子的正中央說了。

「我……聽到了你跟爸爸的對話。所以……我也知道，是什麼事情讓你不安。」

「……這樣啊。」

其實，我隱隱約約也感覺出來了。

否則她也不會那麼焦急地主動示愛。

「我想我一開始，大概是不想接受吧……無論你是為了什麼事情著迷，我都不想認輸。」

「…………………」

「可是……到頭來，即使心意沒有改變……我還是應該要知道。知道是『什麼』即將坐在你那個座位上，不是我，也不是東頭同學。」

她說的不是「誰」，而是「什麼」。

原來如此——我那時對伊佐奈說的座位，原來是為了「這個」而保留的。

也不是留給伊佐奈，是留給她的才華，她的成長過程。

她的——故事。

「親眼看過之後，我心裡就想，唉，我贏不過這個——不可能贏得過它。」

然而結女又說：「但是……」加以反駁。

「這不代表我沒有價值。我是不可能贏過這種才華，但也不表示我沒有價值。因為──你是那麼認真地為我著想。」

說完，結女微笑了。

不是出於喜悅、放棄或安心，而是──

「所以，我可以信任你。」

──信賴的微笑。

「以前那個不成熟、沒有安全感、疑心病重的我已經不在了。我，能夠永遠──信任你……我覺得啦。」

最後畫蛇添足的一句話，「呵。」有點逗笑了我。

「這麼沒自信不要緊嗎？將來的學生會長。」

「咦？什、什麼學生會──為什麼是我？」

「哪有為什麼？紅學姊擺明了有這個打算吧……不久之前，我跟她聊了一下。她跟我說了妳在學生會的模樣。」

「咦……」

結女顯而易見地露出「慘了」的神情。

看來女生的戀愛話題，真的就像是潘朵拉的盒子。

「不用擔心，她沒跟我說得太詳細……她對妳的看法是『心地溫柔善良的女生』——就好像很羨慕妳似的。」

「……羨慕……會長，羨慕我……？」

要分類的話，我跟那位學姊在類型上比較相近，所以可以理解。

能夠真心為他人掛念，是一種特殊才能。特別是像我們這種出於本能無法對別人感興趣的自我主義者，看到這樣的人會覺得很耀眼。

「我不知道妳是怎麼評斷自己的，但那個才華洋溢的學姊這麼欣賞妳，還特地網羅妳加入學生會，建議妳最好把這項事實列入考慮，重新評估一下自己的能耐。」

「這、這樣我會很為難的……！我既沒有東頭同學那樣的才華，也不像會長那麼聰明啊……！」

「我就是在告訴妳，妳能辦到那兩人辦不到的事。」

我用雙手撐在背後地板上，讓姿勢輕鬆點。

然後，我想起了初次與她相識的那天——林間學校的夜晚。

「妳應該能體會吧？別人理所當然能辦到的事情，自己卻辦不到的那種痛苦。」

以前連去要咖哩材料這點小事都不敢做的妳，一定能體會。

「妳克服了那種痛苦。妳知道辦不到的痛苦，而且讓自己辦到了。妳看，比起從一開始

就做什麼都不成問題的傢伙，妳等於是升級版耶。」

「咦？咦……？——哎喲好了啦！不要講這些歪理來唬我了！」

「我沒那個意思啊。」

不過說成升級版也許是言過其實了。

「我從來沒羨慕過妳，紅學姊應該也沒想過要變得跟妳一樣吧。即使如此，我仍然覺得妳看待人生的方式很可貴。簡單一句話形容，就是——」

原來如此，我懂了。

「——我很尊敬妳。」

現在，我終於明白了。

比翼鳥並翅雙飛的最大條件是什麼。

不用為戀愛而盲目。

不用得到永恆的愛。

只要有尊敬的心——就絕不會輕慢對方。

……什麼嘛，原來這麼單純。

不就是很多成年人講得理所當然、極其單純的道理嘛。

原來這就是比什麼都要堅定牢靠的信賴基礎。

……我真是瞎了。

仔細回想起來，川波就已經說過同樣的話。

答案早在一開始，就存在於我的內心了。

這樣哪裡是比翼鳥？根本是幸福的青鳥——

「——尊敬……」

像是細細玩味它的含意，結女喃喃說道。

「我也……很尊敬你。」

「謝了。」

「也很……尊敬東頭同學……」

「所以？」

「原來如此。」

彷彿一直以來解不開的謎題，現在解開了。

結女露出豁然開朗的表情，然後說：

「……原來啊……」

好像打從內心變得無牽無掛，笑逐顏開。

就這樣，我們有了答案。

目前這就是答案了。

我們今後一定會一輩子像現在這樣持續思考，隨時更新答案吧。

「結女。」

「什麼事？」

「我應該會去念京大。」

「咦？」

「我請教過慶光院叔叔，他說只要能力夠，將來出路的目標水準定得越高越好。他說這樣會有更多機會遇見各個領域的人才——才是我達成目標的最快途徑。」

「……這樣啊。那我——」

「妳要跟我來嗎？」

「不……等當上學生會長再來考慮好了。我想到時候我的觀點跟現在也會有所不同。」

「口氣真不小啊……不過，我覺得這樣很好。」

我們會各自走上自己的道路。

各自張開自己的翅膀，在名為人生的天空中飛翔。

只是——比起獨自前進，兩人並進一定更有效率。

就只是這樣而已。

事情就是這麼單純。

「那麼，這給妳。」

「咦？」

看到我突然從口袋裡拿出一個禮物盒，結女睜圓了眼睛。

「這是，我給的……嗯？可是顏色……」

「這是我昨天買的。」

「昨天？」

我把它放到結女面前。

結女小心翼翼地伸手摸了摸這個禮物盒，

「這個，該不會是……」

小聲地說了。

然後，她看著我觀察我的神色，鼓起勇氣說：

「……我可以打開嗎？」

「當然了。」

裡面的東西，還需要我特別解釋嗎？

當然是戒指了——羽翼雕飾的。

「嗚啊，啊……！這、這是……！」

「沒想到還滿貴的。我才剛買書給伊佐奈，手頭正缺錢。結果只好靠人脈找打工。」

結女注視著放在禮物盒裡的戒指，肩膀簌簌發抖。

我托著臉頰笑她，丟出一句話當成耶誕夜的回擊。

「要我幫妳戴上嗎？」

「咦！」

結女像是裝了彈簧般猛然抬頭，用滿懷冀望的眼眸看著我。

然而……

她慢慢地讓肩膀不再顫抖，視線緩緩下降的同時——用珍惜寶貴的動作，把禮物盒蓋起來。

「……先不用。」

聲音中帶著決心。

「等到有一天……我們跟媽媽他們說了再戴。」

「……好吧。」

既然這樣，那我的戒指現在，也先藏在書桌抽屜裡吧。

直到有一天，我能夠不用顧忌任何人的想法，把它戴在手指上。

「——不過……」

「嗯？」

情意懇切的眼眸，射穿了我。

「也許，我會想要……一些明確的……話語。」

……也是。

事情總要做個了斷。

為了結束我們以往的關係，開始我們今後的路程。

「結女——」

「——結女～～！水斗——！吃飯嘍——！」

「…………」

「…………」

突如其來從走廊那邊岔進來的聲音，使我們面面相覷。

時機真差。

不過好吧，這也是無可奈何的。

我們雖然是比翼鳥，但終究還是兄弟姊妹。

「那就走吧。」

「好。」

於是，我們一起走下通往客廳的階梯。

伊理戶結女◆心意已決

年終的電視特別節目，已經朝向眼前的新年開始助跑。

我吃過晚飯，先去洗過澡，然後將時間花在一些大大小小的事情上，不知不覺間，再過不到半小時就是新的一年了。

我坐在沙發上，看著電視發呆。沒鑽進暖桌是因為怕睡著。雖然睡過了午覺所以還不至於撐不住，但是吃完飯洗過澡之後，身體就是會自動開始準備上床睡覺。

水斗也在同一張沙發上坐在我旁邊，中間隔了一個人的距離，懶洋洋地靠著扶手。

電視前的暖桌，現在坐著媽媽跟峰秋叔叔，被電視上諧星的耍笨逗笑。

再過半小時，今年就結束了。

我在差不多一個多月以前，對自己發過誓。告訴自己如果水斗今年之內沒向我告白，我就主動表白。

這個誓言沒有達成。

我覺得我們已取得共識。

心意已經相通。

但是，終究沒有化為言語。

我們應該已經學過教訓，知道擅自揣測對方的心意是有限度的。所以有必要說出口。有必要用明確而清楚的話語，決定我們今後的關係。

這些心思還沒具體成形，懸在半空，新年就要來臨了。

伊理戶水斗◆一言而定

我回想著以前綾井結女給我情書時的情形。

就我的記憶中，我從來沒有看一篇文章看得那麼緊張過。但是拿給我看的綾井想必比我更緊張吧。我至今仍然能鉅細靡遺地回想起，當時她變得像一尊石像，臉色像是隨時會斷氣。

現在襲向我的緊張情緒，可能跟那時候不太一樣。

那時充斥綾井內心的緊張情緒，必然是出自於不安。但是現在，壓在我雙肩上的緊張，則是來自於責任感。

我接下來，將做出影響一生的抉擇。

不只是我。我做出的決斷，也許會改變結女、老爸與由仁阿姨——足足三個人的人生。

這份重量，隨著時鐘指針向前走，醞釀得越來越大，越來越大……

除夕鐘聲自遠方微微迴盪。

當第一百零八下敲完之時，我是否能從塵俗煩惱獲得解脫？

滅除迷惘，證悟真理。

真是荒謬的妄想。一百零八個都消失之後，只會出現第一百零九個罷了。

——你下定決心了嗎？

我們心自問。

拒絕回答這個愚蠢的問題。

不是因為已經有了明確的答案。

而是因為我即將說出口的話語，就是它的答案。

伊理戶結女◆我調整了呼吸

『各位觀眾！再過一分鐘就是新年了！』

伊理戶水斗◆我調整了姿勢

『還有十秒！』

『——九！』

我伸手疊在結女的一隻手上。

『——八！』

老爸他們在看電視。

『——七！——六！』

我把嘴巴附到結女的耳朵邊。

『——五！——四！』

「——我喜歡妳。」

『——三！』

結女的手跳了一下。

『——二！』

老爸他們在看電視。

『——一！』

結女的頭，不動聲色地退開了。

『——大家新年快樂——！』

我就近注視著水斗的臉。

「——新年快樂！」

媽媽對峰秋叔叔說。

「——哇啊！手機的通知聲……！」

我把嘴巴湊向水斗的耳畔。

「——我也喜歡你。」

然後我讓湊近的臉頰迅速退開。

「結女！還有水斗！恭喜！」

媽媽回過頭來。

「媽媽，新年快樂。」

智慧手機叮咚叮咚響個不停。

「由仁阿姨，新年快樂。」

我與水斗，悄悄地鬆開了手。

「啊，對了。蕎麥麵跨完年才吃也可以嗎～？」

「應該可以吧？既然都準備了。」

媽媽離開暖桌，快步跑向廚房。

電視節目一邊慶祝新年，一邊進入下一個單元。

我低頭看著手機裡滿滿的通知，面露微笑。

就這樣，新的一年即將開始。

就這樣，新的我們即將開始。

——怎麼樣，綾井結女？

這下，是我贏了。

♥ 終章　只有求婚還不夠

伊理戶水斗◆出了家門

「那我們走了——」

「慢走——水斗路上也要小心喔——」

我與結女一起踏出玄關，走進深夜的世界。

雖然沒下雪，但呼出的氣息很白。我把手塞進裹住自己的大衣口袋，仰望群星閃耀的夜空。

「……呵呵。」

結女腳步輕盈地追上比她快了一步的我，與我肩並肩。

「媽媽他們都沒發現呢。」

然後，她露出惡作劇成功的孩子氣表情，湊過來看我的臉。

我帶著諷刺意味歪唇說：

「被發現的話已經鬧翻天了。」

「嚇了我一跳。沒想到你也會那樣冒險。」

「誰都有過嚮往成為勇者的時期啊。」

「你可不要跑去水塔游泳喔。」

「那哪是勇者？是蠢蛋吧。」

我們輕聲分享歡笑，走在寒冷的天空下。

再走一小段路就會走到大馬路，準備迎接深夜不該有的人潮。但是在那之前，這個世界暫時由我與結女兩人獨占。

「目前決定暫時隱瞞，對吧？」

「嗯。其實事到如今也沒什麼好怕的，只是……」

「只是？」

「覺得當成祕密，也好像滿好玩的。」

看到結女微微晃動肩膀，我輕嘆了一口氣。

「妳膽子真的變大了。是受學生會長的影響嗎？」

「不曉得耶。會長其實有時候也滿膽小的。」

「她會膽小？」

「很意外吧？」

「我無法想像……」

讓現在的我來說也許有點那個，但我真不懂女生的心理。

「哎，總之不管怎樣……就暫時繼續當家人吧。」

「是嗎？」

結女微微偏頭，輕盈地蹦跳到我面前，從正面抬頭看我的臉。

「出了家門……還是家人？」

四下沒有別人。

落在新年路燈下的，只有我與結女兩人的影子。

在這世界裡，沒有一個人會把我們當成普通的家人。

「……就說妳腦內發春吧。」

「彼此彼此吧？」

我隔著厚厚的大衣，把結女的腰摟向自己。

結女略微抬起下巴，闔起眼瞼，像是將自己託付與我。

這分明是第一次，卻有種懷念的感覺。

以前，我們不知道這樣做過了幾次。

而今後，我們也會一次又一次地這麼做。

我慢慢地，與結女嘴唇相疊。

對柔軟的觸感依依不捨，我同樣慢慢地離開她的唇，維持著彼此呼出的白色氣息落在對方臉上的距離，凝望彼此的瞳孔。

「幸好在國中的時候就練熟了。」

結女只有眼中帶著笑意這麼說，我回答她：

「妳以為是誰把妳鍛鍊起來的？笨手笨腳的女人。」

「是誰啊？我好像忘記了。」

「要我幫妳想起來嗎？」

「一次夠嗎？」

我們再度讓嘴唇相觸。

這次比剛才更深入，我更用力抱緊結女的身子。

如果妳想不起來，我就一遍又一遍地重來。

一遍又一遍，要幾遍都行，花上長遠的時間。

這段時間，將會決定我們之間的牽絆。

不只是家人，不只是戀人，也不只是夫妻。

言語有其必要性。但光是這樣還不夠。

為了證明我們堅持自我的決心，只用一句話是不夠的。

——只有一句求婚，還不夠充分。

往後的時光將會證明一切。

我們的人生，會慢慢交出答案。

「——目前是決定先不跟媽媽他們說，那其他人呢？」

「哪些人？」

「像是曉月同學，或是川波同學……那些支持鼓勵我們的人。」

「我有點懶得告訴川波……雖然只要告訴南同學，他就會自動知道了。」

「……東頭同學呢？我來跟她說？」

「不了……」

我脫掉手套，從口袋裡拿出了手機。

開啟的是我與伊佐奈的個人聊天室。

「我來告訴她……這點擔當我還是有的。」

我覺得在文字上做再多修飾，也沒什麼太大意義。

我把單純的幾段文字輸入手機。

〈新年快樂。〉

東頭伊佐奈◆創作

〈還有，我跟結女開始交往了。〉

看到進入新的一年立刻傳來的聊天訊息，在我心中引發了連我自己都驚愕萬分的狀況。

「…………啊──────────────」

我一邊發出不具意義的虛無叫聲，一邊仰躺著倒到床上。

我感覺到自己的思維凍結了。

此時此刻，我只想仰望著天花板。我發現了自己的這種狀態。

這……真的，真的，很令我吃驚。

沒想到──我居然，受到了打擊。

「…………………」

我嚇了一跳。真的嚇了一跳。

而更強烈的感受，是覺得失望。

看樣子，我原本好像覺得自己跟水斗同學還有機會。

真虧我還那麼為結女同學加油！女人真是太可怕了。表面上對人家好，結果竟然虎視眈眈地在尋找下手的機會！

……不過仔細想想，結女同學以前好像也對我做過一樣的事。總之不管怎樣，女人實在是一種可怕的生物。

「…………………」

不對不對，不對不對。

我想，我大概也不是真的以為能跟水斗同學交往。

對，這種心態就像是我推崇的偶像，交到了男朋友那樣……

就好像……我是真心希望人家幸福，但這種刺痛內心的感情又是什麼……？

對於這種在胸中打轉的複雜奇怪的情感，我不知道該怎麼解釋。

不管我用什麼樣的詞藻來形容，總是會漏掉某些部分——唯有這份確信，才是對我來說

最明顯的事實。

然後，不知不覺間。

我又坐在書桌前了。

握住觸控筆，以及啟動繪圖App的動作，都好像是按掉鬧鐘那樣出於下意識。

繪圖板明明一片空白……不可思議的是，圖畫就在我的眼前。

再來，只要用畫筆照描即可。

我的靈魂告訴我，我非這麼做不可。

伊理戶水斗◆勝過千言萬語

到了第二天。

本來由我負責管理的伊佐奈的Twitter帳號，上傳了我沒看過的插畫。

我想我一輩子都不會忘記，我看到這幅插畫的那一瞬間。

起初映入我眼簾的，是讓人想起夏日的蔚藍天空。一道飛機雲像是將它剪開般橫越這片天空。

然後，一名坐在堤防上的水手服少女，仰望著這道飛機雲。

她搖擺著脫掉樂福鞋的腳，嘴角形成微笑——卻又像是不甘心地緊緊握住紅色領巾。

發表的作品，只附上了一行說明文。

但這一行文字，已經述說了一切。

『要幸福喔。』

「……嗯。」

注視著手機，我總算擠出了這個回答。

我沒有弄錯。

妳也沒有弄錯。

我與妳，雖然沒有成為戀人。

但是——一定可以成為某種改變世界的存在。

這幅插畫，在伊佐奈的作品當中，首次創下了達到四位數的轉推紀錄。

謝謝。

還有，請多多指教。

嶄新的日常生活，才剛要開始。

後記——戀愛喜劇的事件視界

還沒到完結篇。

我這幾集「繼母拖油瓶」總是在毫無計畫的狀態下開始動筆。而這次別說下一個場面，連兩～三行以後的發展我都毫無頭緒，就在這種如墮五里霧中的狀態下邊寫邊想。所以（本篇劇透注意）當水斗替我想出了「尊敬」這個關鍵字時，我真是拍膝叫好鬆了一口氣。

我必須用某種方式保障水斗與結女的未來，早在書籍版推出之初，我就一直在思考這個問題。

畢竟這段關係是從分手開始，我不能忽視「情侶也許有一天會分手」這項事實就替故事收尾。從一開始我就知道不能讓水斗與結女重修舊好大團圓簡單了事，這是不言自明的道理。

最近有很多一對一的戀愛喜劇漫畫大概發展個四～五集就迅速收場。而我所看到的作品，大多是男女主角開始交往之後，後續情節大概演個一集就會結束。雖然銷量應該也是原因之一，但最主要的原因恐怕是除非深入探討兩人成為戀人之後「約定終生的方法」，否則

就沒有劇情可以描寫了。

這便是戀愛喜劇類別的事件視界——事件的地平線。

這次水斗與結女，至少找到了適用於他們倆之間的方法。可是，如同水斗也闡述過的，兩人往後將會步上的漫長「永恆」，直截了當地說就是源源不斷的變化，「尊敬」是否具備了能撐過這些變化的強度，必須實際試過才知道。

所以，好吧，就試試看吧。

前往事件視界的另一頭——但不確定會不會是下一集。

不用心急，「那一刻」遲早會到來。在那之前，還是暫時先欣賞一下剛開始交往正幸福甜蜜的情侶吧。

那麼以上就是紙城境介為您獻上的《繼母的拖油瓶是我的前女友9 只有求婚還不夠》。順便一提，從年初開始我真的畫了大約一個月的畫。

國家圖書館出版品預行編目資料

繼母的拖油瓶是我的前女友. 9, 只有求婚還不夠/紙城境介作；可倫譯. -- 初版. -- 臺北市：臺灣角川股份有限公司, 2023.05

面；　公分. -- (Kadokawa fantastic novels)

譯自：継母の連れ子が元カノだった. 9, プロポーズじゃ物足りない

ISBN 978-626-352-529-0(平裝)

861.57　　　　　　112003767

Kadokawa
Fantastic
Novels

繼母的拖油瓶是我的前女友 9
只有求婚還不夠

（原著名：継母の連れ子が元カノだった 9 プロポーズじゃ物足りない）

2023年5月25日　初版第1刷發行

作　　者：紙城境介
插　　畫：たかやＫｉ
譯　　者：可倫

發 行 人：岩崎剛人
總 編 輯：蔡佩芬
編　　輯：邱瓈萱
美術設計：宋芳茹
印　　務：李明修（主任）、張加恩（主任）、張凱棋

發 行 所：台灣角川股份有限公司
地　　址：104台北市中山區松江路223號3樓
電　　話：（02）2515-3000
傳　　真：（02）2515-0033
網　　址：www.kadokawa.com.tw
劃撥帳戶：台灣角川股份有限公司
劃撥帳號：19487412
法律顧問：有澤法律事務所
製　　版：巨茂科技印刷有限公司
ＩＳＢＮ：978-626-352-529-0